国家出版基金资助项目

项目编号：2019I~157

"一带一路"大型系列丛书

毕亮 ◎ 著

总策划　戴佩丽
主　编　孙春光

新疆是个好地方

诗画伊犁

中央民族大学出版社
China Minzu University Press

图书在版编目（CIP）数据

诗画伊犁 / 毕亮著 . —北京：中央民族大学出版社，
2019.12

（"一带一路"大型系列丛书 . 新疆是个好地方 . 第二辑）
ISBN 978-7-5660-1752-9

Ⅰ.①诗… Ⅱ.①毕… Ⅲ.①散文集－中国－当代 Ⅳ.①I267

中国版本图书馆 CIP 数据核字（2019）第 235858 号

诗画伊犁

作　　者　毕　亮
责任编辑　戴佩丽
责任校对　赵　静
封面设计　舒刚卫
出 版 者　中央民族大学出版社
　　　　　北京市海淀区中关村南大街 27 号　　　邮编：100081
　　　　　电话：（010）68472815（发行部）　　　传真：（010）68933757（发行部）
　　　　　　　　（010）68932218（总编室）　　　　　　（010）68932447（办公室）
发 行 者　全国各地新华书店
印 刷 厂　北京君升印刷有限公司
开　　本　787×1092　1/16　印张：12
字　　数　160 千字
版　　次　2019 年 12 月第 1 版　2019 年 12 月第 1 次印刷
书　　号　ISBN 978-7-5660-1752-9
定　　价　78.00 元

前　言

　　"一带一路"倡议中，新疆定位于丝绸之路经济带核心区，并以日益凸显的区位优势和辐射效应，与21世纪海上丝绸之路逐步衔接。

　　在第二次中央新疆工作座谈会上，习近平总书记强调，要在各族群众中牢固树立正确的祖国观、民族观，弘扬社会主义核心价值体系和社会主义核心价值观，增强各族群众对伟大祖国的认同、对中华民族的认同、对中华文化的认同、对中国特色社会主义道路的认同。近年来，在以习近平同志为核心的党中央坚强领导下，新疆文化事业得到长足发展，对经济社会发展的引领作用不断增强，特别是随着稳定红利持续释放，文化创新呈现快速增长。实践充分证明，以习近平同志为核心的党中央治疆方略高瞻远瞩、英明睿智，只要坚定不移地贯彻落实党中央治疆方略，新疆形势就能朝着全面稳定的方向发展、就能实现社会稳定和长治久安，新疆经济就一定能够贯彻好新发展理念、推动高质量的发展。

　　"一带一路"倡议的实施是新疆地区走向现代化、融入现代化潮流、发展现代文化的一次新机遇。在这一背景下，《一带一路大型文化系列丛书——新疆是个好地方》出版项目正式推出，其目的就是要围绕中心、服务大局，弘扬主旋律，传播正能量，为推进新疆稳定发展提供了强有力的文化支撑。

　　丛书坚持党性与人民性相统一，不断增强中国特色社会主义道路自信、理论自信、制度自信、文化自信；坚持正确文化导向，团结、稳定、鼓劲，弘扬正能量；紧紧围绕社会稳定和长治久安总目标，使文学作品服务大局，形成文化艺术的强大合力。丛书作品内容注重创新意识、创新观念、创新内容、创新形式，切实提高文学作品的传播力、引导力、影响力和公信力；坚持"高举旗帜、引领导向、围绕中心、服务大局、团结人民、鼓舞士气，成风化人、凝心聚力、澄清谬误、明辨是非、联接中外、沟通世界"。

　　丛书的出版发行，将对发展新疆区域文化产生积极的正面效应。基于此，我们遴选了疆内的数十位知名作家，通过报告文学、散文、诗歌、小说等形式，从不同的角度反映新疆现代文化发展，展示各民族同胞践行社会主义核心价值观以及逐步形成的进步、文明、开放、包容、科学的理念，讴歌各民族同胞团结互助的精神风貌和浓厚氛围，进一步增强各民族同胞之间的认同感，更好地维护新疆地区的长久稳定和繁荣助一臂之力。丛书视角独特、文字量浩繁、信息量巨大，让新疆人民可以真正全面地知道自己，让疆外的读者可以全面地认知新疆，也让世界客观地了解新疆、了解中国。

　　丛书得到了中共中央宣传部新闻出版署、中共新疆维吾尔自治区党委宣传部审读处、国家出版基金的大力支持　，使得这部丛书得以顺利出版。

编者

目 录

"一带一路"大型系列丛书
——新疆是个好地方

会走路的花

当我意识到昭苏的云是一道风景时，我已经快要离开了。

我在昭苏高原垦区住了四年，见了四年昭苏的云起云落。真的，见惯了。上班、下班路上，晨练时，晚饭后散步时，甚至透过办公室的窗户，站在公寓楼窗台前，每个时候，云都是不同的。

云也会看我吗？这个经常与她擦肩而过在昭苏高原漫步的寄居者。

有时候站在路边，看着云层，想要伸手扯下一块，这个时候云层显得很低很低。感觉只要踮起脚尖就能够到，而雪山在云层之上。我在昭苏住的这么几年，没见过这么低的雪线。我问过在这块土地生活了四五十年的人，他们也很少见到。而那些在这里生活六十年以上的人，很少很少了，要么搬到稍大一点的伊宁市，要么和尘土融为了一体。他们会怎么看昭苏的云呢？这里的人，很少有长寿的；生活于此，有随遇而安的，也有千方百计想要搬离这个高寒之地的。迁徙也是一个梦。

云在看着，它祝福那些离开了的人，也守候着还继续生活在这里的人，让他们随时见到不一样的云朵、云层、云堆、云海。

我也曾试图像苇岸一样记下这里四季的云，而昭苏的云每时都是不同的，常常让我应接不暇，让我的笔尖落在纸上凌乱不堪。而昭苏的云有时也是凌乱的。凌乱只是我们这些生活在地上的人的观感，说不定它们正在汇聚，向雨水即将落下的地方靠拢，给急需雨水的干涸土地来一场透彻的漫灌，让需要的土地都湿润，让这片土地上的牧草都能喝到水，让麦子和油菜在该有雨时就会落雨。

高原上的人，大多都可以分辨出哪一片云可以下雨，甚至下在什么地方都心知肚明，比天气预报都准确。他们抬头看看云，再看看天，用手一指，喏，山那边有雨，还不小呢。有一回我正巧路过落雨的地方，算是去验证，结果当然准确无比。这是在昭苏高原生活多年的经验积累吗？我琢磨了四年，到快要离开的时候都没琢磨清楚。又不好意思问，怕露怯，其实我的无知是许多人都知道的。在刚来高原时，望着满山的羊群，发现和我在其他地方看到的羊不一样，它们更精致，白得精致。喜欢热闹的哈萨克人看我盯着羊群，就让我辨别公羊母羊，而他们说的时候就成了男羊和女羊。

结果就是让我这个初次生活在草原上的人羞愧难当。也是后来知道，那些羊都是细毛羊，羊毛之细，你们还是自己来看吧。这样的细毛羊，一群一群地走在山坡，走在草原深处，远远看过去真是一群云朵在移动。

这都是些什么样的云呢？我有时在晚饭后漫步在麦田和油菜地，望着地头连在一起的云自言自语。答案有时会是一阵雨。

在昭苏高原，踮脚就能扯下一块云，抖抖就是一阵雨。更多的时候，扯下的云，抖啊抖，就像是抖棉絮，天愈发干燥了。

有一年的雨水真是多。看见云就是雨。雨说下就下，有时滴上几滴就停了；有的时候下得没完没了，许多人就会喝酒，喝得东倒西歪地走在雨水中，就像是麦地里的麦子在风雨中被吹的样子。

雨停了，云还在。

乌鸦似乎和雨水相约而来。雨水多的年份，乌鸦也特别的多。有一年，也就是我在昭苏生活第四个年头，乌鸦在高原周围绕来绕去，到处都是乌鸦的影子和声音，在空旷的草原听着乌鸦啼鸣，丝毫没觉得瘆人，草原实在太安静了。不光我从来没见过那么多的乌鸦，那些在高原生活了一辈子的老军垦也见得不多。夏天的清晨或者晚饭后的黄昏在漫步时，就常听到他们在讨论乌鸦之多。带着江苏如皋口音、带着上海口音、带着四川口音的老人，走在高原的路上，云跟在他们身后，默默看着把青春和子孙奉献给高原垦区的老人。云跟在他们身后，不断地看着他们往更远的地方走去也无能为力。

乌鸦并不是一直都在空中，更多时候都停在树上，树是老军垦们初来高原的二十世纪五六十年代栽下的。五六十年过去了，树上停歇的乌鸦和落下的叶子一样多吧。乌鸦也并不是一直歇在树上，天气正热的正午，它们会成群地落在草地上，喝草地喷灌、滴管洒到地上的水，也会踱步，黑压压的一片落在草地上，绿色就成了点缀，这时候再抬头看天上的云，黑白相映。乌鸦们在草地上不会待得太久，就会一齐飞走，几乎和云层相碰。

乌鸦飞走了，云还在。

云一直都在。

云在许多人的手机和视线里。我的手机里、电脑里就存着近千张昭苏的云，也不是我刻意留存的。上班路上，散步路上，去连队的路上，看到云漫不经心地在天上飘啊飘，就拿出手机随便拍几张，随手发到微信朋友圈，引起的赞和评论出乎我的意料。在我看来，这是我生活中的云，再普遍不过了，完全无须大惊小怪。当越来越多的人评论说从来没看过这么干净清澈的云时，我才慢慢意识到，生活在这里我是幸福的。不用为空气担忧，也无须担心喝的水，吃的菜蔬和粮食。

工业文明发展到许多人随手可以用智能手机记录下每时每刻云的不同姿态，也让许多人想看一片没有杂质的云而不得，许多人从出生就未见过蓝天，更未见过诗句中的白云万里，"蓝蓝的天空白云飘"，真的只成了一句歌词。

当我每天面对着不同的云，苦闷于无法描述时，有一天在一家哈萨克人的切面店里买鲜面，店主五岁的女儿正拉着她妈妈的衣角说"妈妈，快看，会走路的花"，她的手指的正是天上在移动的云群。我知道，这一刻，她是天生的诗人。

那拉提：从孤独走向人间

> 我的全部道路就是从孤独走向人间。
>
> ——普里什文

大概没有什么人会在那拉提怀古。新疆的许多地方都是不太适合怀古的，尤其是伊犁，几乎没有可以怀古的地方。那些久远的城池，基本都存在纸页里，而一旦走近，遗址终归是遗址，土堆都剩不了几座。曾经花费了不少精力找寻的伊犁九城，历史谈不上久远，也都近乎湮没在战争、雨水和两百年的光阴里。

然而，在伊犁，如同梁实秋说的，逛动物园，也能"真正地发思古之幽情"的地方真的不多。然而，就在此刻，我站在那拉提，感觉自己是个古人了。这样的感觉稍纵即逝，等到回味过来，已经遍寻不见。那拉提的雪和身边的人让我知道我还是生活在工业文明时代。

冬天以及初春的那拉提，很适合什么都不想地东西乱走，随走随停，随停随走。什么都不想，"真是一种很美好的心情"。此刻，雪还未融，草也还没冒尖，视野所及处，都是雪。可以远眺，一片清澈；也可以四顾，一片迷蒙。清澈和迷蒙，在那拉提都是非常美好的状态——适合什么都不想地随便走走。

我曾经以为，伊犁的冬天最适合拍雪景的地方是昭苏，后来和摄影家聊天才知道我错了。最佳处就是在距离那拉提不远的巩乃斯，那也是一个充满传奇色彩的地方。那里的雪和我脚下站着的地方没有边界，一直延伸下去会通往哪里呢？

近处的牧民骑马走向远处，远处的牧民也会往更远处走去。他们翻山，他们过河，对于他们，有亲人在的地方就是家，有家人有羊群马群的地方就是故乡。此时此刻，他们的故乡在雪深处，需要翻过一座山，深入冬窝子。马踏雪地的声音，如同响在荒野的鼓声。隐秘的故乡，故乡的隐秘，都在不经意中泄露，让出门在外的人即便是走在大雪覆盖的路途，也不会迷失。

关于那拉提，好像曾经看到过本地的姜付炬先生的一篇谈论地名的文章。姜先生年轻时写小说，晚年专注于文史地理，所写文章满是趣味，明明是考证严密的史实文章，读起来却又感觉充满想象，和此刻的那拉提联系起来，倒很妥帖。

王祥夫先生曾说，雪与雨可以使山水增色。他的眼光是作家的，也是画家的，我自是认同。此时的那拉提草原之上，除了雪还是雪，所增之色，可以划拉一块雪地作画，油画、国画、版画都可以，随手几笔成一帧小品想必也不俗。当我站在那拉提的中心（当然是臆想的中心），我还是被这里的寂静打动了。

有些寂静超乎人的想象。

当岁月还没有完全抹去雪之洁白时，在那拉提和我曾经生活过的昭苏，没有雾霾只有雾凇。天蓝色的晴空，让我得以看到了更多世界的本色。这一刻，我不关心即将或者已经来了的春天，我不关心夏天人群纷扰，不关心秋天羊群转场，我关心的是，以后的冬天，雪下得是否够白，甚至是否还有雪。当可以日行几千几万公里时，我们中间终于有人意识到走得太快而决定蹲下来仔细打量过去一冬的积雪，以及积雪下蓄势待发的野百合。

我们正站在即将长出野百合的那拉提土地上。

我无端地想起梅花。大约是因为梅花和雪比较配。这里是没有梅的，我也多年未见过梅了。西域稀见梅，若有几枝，也多是养在家里，未见气势，更毋宁说风骨了。如果没有了风骨，梅便不能为梅。文章之道，风骨也不可缺。我喜读的文字，开门见山最好，然而现在多的是开门见雾，不仅是雾，更是雾霾。无论是时间上的，还是空间中的，到底是山还是雾或雾霾，都是我们在写作时需要面对的。看山是雪，看雪是山，固然可佩；看山是山，看雪是雪，也多是日常生活，人之常情最可感动。还好现在我们站立的地方，开门见的不仅是山，而且还是雪山，清澈透明，一目了然。所以，那拉提本身就是一篇好文章，和传统一脉相承。

当深居山里冬窝子中的牧民，在自家小木屋屋檐下朝着山外的方向望去，他们看见的会是什么？是山，是雪，是雪山。我曾经跟随巡山者骑马进山，在这样的小木屋中小歇时所见即是如此。原来，在现代化路上越走越远的是我们。牧民们日常生活照旧，小木屋在雪深处，整个冬季鲜有串门的人。与牛羊为伍的日子，单调也单调，但是都习惯了，从祖辈开始都是如此过来的。前些年的那拉提，同样如此。近年来，像我们这样的外来者，冒冒失失地就闯了进来，打扰一片土地安宁的人越来越多了。

有一个叫贝甘的说，在历史的视野中建立一种持续的在场行为。冬日的野外是适合沉思的，在没有历史感的地域，试图寻找历史的在场，即便不是徒劳，只怕也是所获甚少。而普里什文说得就更好：我们人类生活的列车开得比大自然快得多，因此我记录观察大自然时的感受，结果记下来的总是关于人类自己的生活。冬日的那拉提还好，夏日的那拉提表现得极为鲜明。人跟草一样多，马匹用来和游人合影，而驯鹰的哈萨克老人表情淡漠，蓝天、草原和他们的关系正在慢慢变化。时间以分钟为单位计算，只是为了用来验证"时间就是金钱"，我们生活的列车在这些时刻，真是开得太快了。

还好，我们是走在春天的那拉提。我们就是走在春天的道路上，在往寂静的世界走进。也是在此刻，面对即将醒来的那拉提大地，这里也终将是我们熟悉和接近的土地，这里会在不久的将来葱茏葳蕤，也将会为这片土地赢得无限风光和人气。

当脚触碰到大地之辽阔，也让我们意识到这里的花草根植于大地，而不是阳台或楼顶，它们经历风雨，在视野内外气势磅礴。那将是怎样一幅胜景。还是普里什文说得好，春天里，最主要的是让你的脚接触到大地：你的脚一踩在露出来的土地上，你立刻会感觉到一切，一切度过的所有春天也都会集中在一起，于是你就会心花怒放了。

当我的脚站在那拉提土地上，我知道春天来了。

白杨深处

　　当提笔准备写下"白杨城"时，我感觉许多人和我一样，是在回望。这种回望，关乎童年，关乎青春，关乎失落，甚至关乎一座边城的前世今生。然而，对于这个生活了十年的边城，我还仅仅是一个闯入者，一个后来的闯入者，寄居在白杨城的尾巴上。

　　十年来，东奔西走。十年以后，重新打量曾经的脚步，发现许多时候都是停留在白杨树下。许多年后，当看到在伊犁生活过多年的作家把他的长篇小说定名为《白杨树下》时，未看内容我就深感亲切。这种亲切关乎脚下土地的日夜潜入。读得多了才知道，许多小说中都有他青年时代的白杨城。这是一个作家对深处记忆的回望。

　　于是，不免在后来的许多光阴里回头，张望白杨林里跳跃的身影和鲜花丛中的嬉戏。也许，多年以后我睡倒在白杨树下（如果那时此地还有白杨树），会记起我的回忆是始于而立之年，这一年我的头发开始日渐花白。证据之一就是：手表带无意中夹下三根头发，其中两根是白的。

　　对，就是白杨的白。灯光下的白头发，感觉就是缩小版阳光下的白杨。

　　白杨和鲜花，无疑是曾经这个小城最朴素的构成。如今鲜花依旧，大街小巷、广场花园、庭院阳台，无不以花点缀，甚至草原也是花之园。

只是，白杨日渐少了。

作家袁鹰于二十世纪六十年代初来伊宁市后，写下过一篇名为《城在白杨深处》的散文，赞美伊宁市白杨的雄奇和城市风格的独特。正因为袁鹰先生的这篇文章，伊宁市这座"白杨城"声名远播。诗人李瑛也在诗中对伊宁市的白杨有过赞誉："伊宁打开它的百叶窗/满街是冲天的白杨/白杨是绿色的堤岸/堤岸里流水喧响/白杨是高耸的走廊/走廊间歌声飞扬……"时隔多年后再来回头看他们的诗文，发现除了是一篇篇美文外，更是一篇篇难得一见的史料了。

还有土生土长的伊犁作家，虽然多年生活在外，但在他儿时的记忆中，"这是一个生满白杨的城市。那密布城市的白杨树，与云层低语。……树下是流淌的小河，淙淙流入庭院，流向那边的果园……"。这样的"白杨城"在二十世纪五六十年代出生在伊犁的人记忆中，真是再正常不过了，七八十年代生在伊犁的人，可能还会看到一点点尾巴，而作为我这样一个外来者，所来不过十年，即便在初到伊犁时，曾经因为职业之便几乎走遍了城市的角角落落，也见过一些残存的白杨和果园，然后近几年来是愈渐难见了。

然而。白杨毕竟只是白杨，不是生活的必需。少了它，边城不会变得更边；多了它，边城通往中心的路也不会更近一步。即便有作家说，"你站在哪里，哪里就是世界的中心"。生活的快节奏不可避免地蔓延到我们生活的各个角落。只是，这样的角落已经不适合怀旧症患者居住。普里什文说："每一幅藏在心中的风景画，都有人类本身在其中运动。"

而现实则是，运动的列车太快，忘记了风景的样子。普里什文曾细致地观察过白杨发芽的样子：白杨一开始并不是换上绿装，而是穿一身褐色的衣裳，它的叶子在幼年时期好似一些小硬币，在空中摇晃。对落叶，他给予了同样的关心：白杨不停地颤抖着，丝毫不知疲倦，直到秋天树叶变红，直到最后一次暴风雨袭来，树叶脱落，四散飘零。

前些年，我生活在昭苏高原，一个不适宜白杨生长的地方，见不到白杨发芽，也错过了白杨叶落。我也偶尔能从外地作家作品中见到伊犁的白杨。我经常阅读的作家汪曾祺在《雨晴，自伊犁往尼勒克车中望乌孙山》中记下了二十世纪八十年代初的伊犁白杨景致：

一痕界破地天间，

浅绛依稀暗暗蓝。

夹道白杨无尽绿，

殷红数点女郎衫。

本地前些年曾经开发过一个楼盘，名曰"白杨丽景"，那片地以前是什么样子的我不清楚，但是小区大门前的那条路，我跑记者的几年间，倒是常常经过，两边的白杨颇有年头了。

我曾在一个作家的聚会上，听老作家们说年轻时的故事。那些与青春有关的故事，总是少不了酒，总是少不了果园和白杨林。那时的城还是名副其实的小城，他们骑着自行车，兜里装着两瓶伊犁大曲，穿城而过，也不过数十公里，几个朋友席地而坐，往往不是在果园里，就是在白杨树下，谝传子（西北话：闲聊）、喝酒，没有酒杯——也很好办，把自行车铃铛卸下来，铃铛盖子就是酒杯，只要两个就行，轮流换着喝……阳光透过白杨叶子，撒在地上，碎银子一样的阳光还在老照片中。

不仅是外来的我，我发现生长在这里的作家也有疑惑：不知道是白杨选择了伊犁，还是伊犁选择了白杨。这是一个生活在这里四十多年的作家的困惑，我至今还未寻到答案。

　　有一次沿着湟渠的渠首顺流而下行走至渠尾，在一个龙口，偶遇了一棵两人合围都抱不住的白杨，这真是此行最大的收获了。回来念念难忘的也是那个长在渠边的白杨，会是当年修渠时随手插在湿湿的泥土里的吗？那样的话，也起码有五十年了。五十年，让一个当年昼夜奋力修渠的壮劳力，长成了耄耋之年的老汉，在回首往事时，白胡子跟着嘴唇颤动；白杨也长成了历史。

　　我在白杨城里长到了三十岁。在这里，我过完了三十岁生日。于是，我也长成了一个多年未回过乡的人。

　　"我长到了三十岁，一个多年未回过乡的人，应该回去看一看，那些不在的人，会在风里留下气味。"——三十岁生日那天经过白杨树下，我在手机上随手记下了这句话。我知道，我该回乡去看看了，村里那些不在的人，会在风里留下气味。

湟渠：顺流而下

　　刚走入社会就当了记者。那两年，我曾以工作之便，走在伊犁的山水之间，寻古迹，访人文，更多的是想感知生活，体验生活。可惜这样的时间太短了，只有一年多。其间，虽也走了一些地方，但没走到的地方更多，比如湟渠。

　　要说那时不知道湟渠，也不尽然。在伊犁，湟渠鼎鼎大名。但有一些事物，了解得越详细，反而越不敢接近。那些年，我选择性地忽视湟渠，转而去寻访伊犁九城，去寻找小巷里的手艺人，去钩沉一些老地名。但湟渠，一直在书页深处，遥遥望着我来往在乡村城市之间的脚步，也许还会听见我在小巷和老手艺人的交谈，但湟渠水日复一日，时多时少；它不会关注一个外来者是否会走近，也不会在意世居于此的本地人的记忆。

　　渠在水流，水沿渠流。

　　但在我的意识深处，还是想去实地看看。所以关于湟渠的文字资料，也一直在留意。想着有一天从书页的记忆中走出来，俯下身子去接近尘土和渠水。

　　在不做记者五年后，终于有了一次走近湟渠的机会。

　　近二十年前，陈忠实先生大约也同我们今天一样走向湟渠。后来，他写过一篇《伊犁有条渠》，专门写湟渠，为本就饱含文化色彩的渠更增添了几许魅力。

虽然是为湟渠而来，但满渠湍急的流水也是我们格外留意的。这渠水也曾吸引过陈忠实先生的目光："我在杨树和柳树列岸的湟渠边徘徊。湟渠的水是泛着乳白色的清流。这水的颜色不同于北方的河的水色，也不同于南方的江的水色，更相异于海水的颜色。这水来自天山，是天山积雪融化而成的天上之水，伊犁河便是汇聚这雪山之水而独具色彩的河流。"

近九十公里的湟渠，我们顺流而下，从渠首一直到渠尾。

当我站在渠首远眺时，除了渠水外，视野所及都是秋天的丛林。属于秋天的色彩在此时展露得淋漓尽致，一棵植物上拥有四五种颜色，大概只有写《颜色的世界》的汪曾祺可以形容得出来。他1982年夏天和林斤澜、邓友梅等人来伊犁时，大约是看过湟渠的，在《天山行色》中对湟渠虽然一笔带过，但看得出来他对湟渠是用心做过了解的。

写过《草木春秋》等那么多草木文章的汪先生，也没留下他对湟渠沿途植物的记忆，但我们从他一幅作于1992年的《蓼花无穗不垂头》题画文字中知道，他在伊犁时对这里生长的草木是很留心的："昔在伊犁见伊犁河边长蓼花，甚喜。喜伊犁亦有蓼花，喜伊犁有水也。我到伊犁在一九八二年，距今十年矣！曾祺记。"

之所以想起这些，完全是因为在远眺时一脚踩进了苍耳丛中，扎痛了才收回目光。我在新疆生活了十余年，还是第一次看到苍耳（也可能是之前未曾留意过），以前还以为新疆不生长呢。同行之人看到我的惊讶，也有些新奇："这不是苍耳吗？"此时我才知道，它的学名。在老家，实在太常见了，常见得都忽略了它的学名。然后，多少年里，它们就一直活在方言的记忆里，跟着记忆跋山涉水，从淮河畔来到西天山脚下。在过去的十多年里，记忆里没有它们，没想到偶然的一天却从人生深处冒了出来，像湟渠里的水，翻过几个浪花又沉下去。即便如此，我还是不确定在老家方言里，这几个字应该怎么写。于是随手拍了几张苍耳的照片发到微信朋友圈询问。答案五花八门，但我也找到了最接近我记忆中的写法：粘骨蛇。晚上回来专门查阅新近出版的某本伊犁植物方面的图文书，未见有介绍。

同行的年轻人，看到苍耳也都感到新奇。看来无论生活在哪里，谁的年少经历中，都有过一段用苍耳来调皮的岁月。我们从苍耳针尖状的外表隧道中，迅速回到过往岁月，然后往事的记忆也随着渠水远去。

我们从渠首开始往下游走，走走停停，停停走走。不断的有车从我们身边飞驰而过，仿佛是要去赴一场等待了千百年的约会。

快速行驶的车让都市人忘记了来时的路，忘记了路边还有河流和杂草，白杨青杨。此刻，我们正看得见山，望得见水，可是乡愁在哪里？——乡愁在高速公路上渐行渐远。也许，我们正在用自己的行动验证着美国自然主义作家西格德·F.奥尔森在《低吟的荒野》中写到的"正是由于我们几乎忘却了过去，所以在我们的内心才存在一种不安，一种对现实的急躁"。

急躁常常也是立体的，从四面八方来，再往四面八方去。比如此刻，我就忽略了湟渠灌溉下生长的苞米、棉花、西瓜、高粱……还有芦苇，它们可能都是自然而生的。它们也是经同行人提醒我才注意到的。俄国探险家普尔热瓦尔斯基在他的探险记中写到过罗布泊罗布人渔村阿不旦的芦苇有八米高，直径四五公分，罗布人用芦苇盖房、取暖、架桥、铺路，芦花可以充填衣被，可以熬成浓浆代替食糖……曾经的伊犁人也这样过吗？

在湟渠的第一个龙口，我被一棵白杨打动了。

边城伊宁昔日被叫作白杨城，作家袁鹰走了一趟，留下了名文《城在白杨深处》。伊犁作家更是不惜笔墨，写下各自心中的白杨城，昔日的城。近年来，白杨日渐稀少，余生也晚，到伊犁也是近十年的事，自是无缘见识满是白杨的城，在文字中寻找外，偶尔也能在城市的角落遇见一些不成片的白杨。

初到伊犁那两年，我喜欢在本地人称为西公园的人民公园闲逛，绕来绕去、来来回回于那条小路。

熟悉西公园的人都知道，里面有几排白杨。这盛夏和初秋的白杨树，有着十分硬朗的姿态。高大的笔直的杨树让我忽而觉察自己的渺小，在这几排树中间，倚树而立的我，好像一株柔软的藤，需要借助它们伟岸的躯干支撑自己的生长。雪岭云杉是隐逸之士，它们散落在深山之中，平常之时，平常之人不易见到，而白杨，这些分布在城市角角落落里的白杨却是无时无刻不显现在我们的眼帘。它们大约是这个城市里离云朵最近的树了。躺在草地上，面向杨树生长的方向，一朵云就停泊在树梢上，微微风起，那朵云又在树间游移。恍惚间，不知道树在云间，还是云绕树生。然而你看，这里的白杨，棵棵笔直，几乎没有多余的枝丫，它们与内地的杨树枝蔓伸展的姿势不同，似乎它们只知道向上，再向上，顺着血液延伸的方向，一直触到云端。那些青绿的树叶，带着蜡质的膜，在风中翻响，阳光之下，白花花的光落在叶子上，远远望去，有如一簇一簇盛开的树梢的白色花朵。还没有风，树下静得听不见一丝声音。没有人声，没有蝉鸣。在这样或干燥或湿润的城市里，白杨树以它特有的姿态滋润着人们的心灵。我只好沉默，在这几排卫士一般的白杨树下，我只能保持沉默。闭上眼睛，然后终于有风从我头上掠过。然后就是哗哗的雨声。那些雨敲打在树叶上，我似乎听见雨声深处白杨呼吸的声音。于是睁开双眼，阳光如水。原来那声音只是风吹翻树叶的响动。天蓝、云白、风清。

这是一个初来乍到的内地人到了伊犁后的心情。关于白杨和一座边城的脉络。

当我在龙口渠岸见到这棵两人合围抱不住的白杨时，我感动了。这大概就是和昔日白杨城里的白杨同一时期种下的吧？抑或是修渠的人在休息时随手栽下的？

然而，无论是书上记载，还是民间传说中的湟渠的修建，最早可以追溯到二百五十年前，近的也有几十年了。这样粗大的白杨会是哪一年种下的呢？或者根本就是一阵风让它落下来，生根、生长……曾听老辈藏书家说，书比人长寿。望着眼前这棵白杨，顿有一种树比人长寿之慨。

一路上走到湟渠尾，我们和一些曾经参加过修渠的老人聊天。老是现在的状态，可挖渠的时候，他们都是壮劳力，二十岁上下，一身使不完的劲。忆起挖渠往事，七十多岁的老人们依旧豪气满怀，感觉马上就要卷起袖子再大干一场。我注意到了他们的眼神，分明有一种对过往青春岁月的追忆。还好，纵然青春留不住，湟渠有水不息流。

绿色的原野

从我住居的伊宁市往东，从山东路直驱，就是可克达拉市的七一七大道。途中要拐个弯，然后被放在前面的就是蔓延的树。本来想写成"满眼"，输入法里提示第一条备选词语却是"蔓延"。抬眼望去，"蔓延"在此处是合适的。

林木蔓延，是可克达拉的第一张门帘。一座城市，楼宇和林木一起落地，在可克达拉也是十分合适的。可克达拉的树真多。此时还只是初春，绿色正在准备万绿齐放，一个月后再来，大概又是另一番景色。这里的人，以后的生活只怕是人在城中，城在绿中。

可克达拉市还很年轻，年轻得还来不及有一本属于她的志书。所以，我们现在看到的介绍如此简洁：

可克达拉市于2015年3月16日经国务院批准设立，4月12日正式揭牌，是新疆维吾尔自治区直辖、由兵团管理的第八座城市。可克达拉市东临伊犁州首府伊宁市，西接霍尔果斯经济开发区，南拥国家一级陆路口岸都拉塔，北依天山支脉科古琴山。自古以来，这里就是辐射中亚、西亚、南亚乃至东欧各国的东联西出国际大通道。可克达拉市行政区划主要由六十三团、六十四团、六十八团全域，六十六团部分区域（清伊高速以南）、六十七团部分区域（都拉塔分场以北、都拉塔口岸以东区域）组成，总面积为979.71平方公里。中心城区设在六十六团、六十八团。市域现有人口7.5万人，其中城区人口2.72万人，至2030年，市域总人口预计达到30万人。

因为可克达拉市是新疆生产建设兵团第四师所建，所以本地人尤其兵团人习惯称之为四师可克达拉市。很显然，我不厌其烦转录这份简短的介绍，只因我们对她的了解还太少。即便我和她毗邻而居，也还是第一次走近。

在已有雏形的城区街巷溜达，到处都是工地和林立的树木，树还都不小，绿后应是浓荫遍地。这是一片插上枝条都能成林的土地。我眼里见到的，种树的人多于工地上的工人。这个城市的人，都在忙着种树，给自己一片浓荫。

"这是文人墨客吟诗作画的佳地"，被印在了官方的宣传、招商手册上。我虽不喜欢"文人墨客"这个词，但我不得不承认这里确实适合文化生根发芽，大概以后也会和种下的林木一样长得参天。

镜头一：路边墙上，偶尔见有售房广告："现房，三室两厅，价格面议，电话：×××××××××××。"有打印贴在墙上的，更有用墨涂在墙上的。我这样不关心时事之人，前一段时间刷朋友圈还见有可克达拉市第一批商品房开盘的信息，让我注意的是，图片中排得长长的购房队伍。当时还在冬天，起早贪黑排队者，裹着厚厚的衣服。那段时间的话题，也多集中于此，后来了解了下，当然不是炒作。大概是本地居民对这座兵团新兴城市的信心。

镜头二：一个在建小区的门卫室窗台上，歪斜地靠着一块纸板"商店"，字是用蓝色油墨写的。窗台下面是两张椅子上摆放的矿泉水、健力宝、红茶绿茶等饮料，玻璃里还有香烟、方便面。

镜头三：这是一张废旧报纸，贴在墙上，吸引我的新闻和这座新城绿化有关：

七十三团为可克达拉市捐树 25764 棵

巩留讯（特约记者 谭冬初）2015年10月10日上午，七十三团纪委、武装部、林业工作站、金琪珊民兵排和"自然环境"创建办的干部来到团场"百树园"、万亩林果基地、六连营区等地，对为可克达拉市捐的法国梧桐、柱状苹果、金叶榆等树木进行测量和登记。据统计，七十三团将为可克达拉市捐树25764棵，总价值311万元。其中，团场捐树22787棵，职工群众捐树2977棵。

自2015年9月28日可克达拉建设投资经营有限公司向师市发出"我为可克达拉市添绿增彩捐树活动"倡议书以来，该团党委积极响应，组织成立了开展为可克达拉市添绿增彩捐树活动领导小组，由副团长朱继亭任组长，带领工作组成员进行对全团各苗圃基地和辖区内风景树的摸底和登记造册工作。

为将树冠完美、树木健壮、树形优美的优质风景树捐赠给可克达拉市，七十三团组织人员对城镇中心区的"百树园"、连队营区和城镇居民庭院中选出的树龄达7年以上的2000棵法国梧桐逐一打号，还对柱状苹果、小叶白蜡、金叶榆、槐树等树种的质量、数量进行二次确认。

七十三团广泛动员，号召全团职工群众积极为可克达拉市建设捐"爱心树"，掀起捐树热潮。

七连职工曹阳将自家庭院里种植的18棵树径达20公分的杏树，全部捐给可克达拉市。六连职工尹西华说，我院里的30棵杏树、20多棵核桃树和7棵红枣树捐给可克达拉市。

在七十三团万亩林果基地，种植户张晓群有400棵杏树、廖其平有500棵杏树、许爱军有300棵苹果树，这上千棵果树的树龄都在10年以上。他们表示，把这些树全部捐给可克达拉市，为可克达拉市建设贡献一份力量。

今年67岁的怡和社区居民许玉杯是团中学退休教师，团场40年前在他家门口栽种了17棵槐树，他常年做好管理工作，目前都已长成参天大树，树径达65公分以上。许玉杯说："我见证了17棵槐树的成长，把这些树捐给可克达拉市，我特别开心。"

这是贴在墙上的剪报，贴在一起的还有一篇，也和城市绿化有关：《兵团分区率先为可克达拉市捐树添绿》，还有一篇就是上面新闻中提到的倡议书：《为可克达拉市捐树倡议书》。后来，我还看到了一份《可克达拉市绿化工作简报》，我看到的是第五期，出版时间是2016年11月10日。听同行的朋友说，这个市，在一个半月里，种下了11万多棵树。我们在行走中，见到的树，多是去年所植。

如果你认为这是假新闻，或者数字上有虚报之嫌，那是因为外人无法体会到作为新疆生产建设兵团一部分的第四师20多万人想要建设一座自己城市的决心和信心。兵团成立六十多年中，"无私奉献"已经融入了兵团人的血脉。

近六十年前，从这片土地上传唱出去了《草原之夜》。走在这里，我想避开《草原之夜》，然而是徒劳。走在哪里，都会有人说到，这里的人对自己脚下土地的历史都如数家珍。对这些，生活于此的人们也格外珍惜。他们用双手植护一片绿，为的只是让曾经荒漠的土地真正成为绿色

的原野。

　　写到这里，我已经不自觉地交代了，"可克达拉"的意思，就是"绿色的原野"。可克达拉和绿色的原野之间，是可以画等号的。也许，正如歌里唱的，"可克达拉改变了模样"。

　　我知道，可克达拉必将改变模样。我已经在伊犁生活了十年。可克达拉建城时，我就打算把家安在这里，这个绿色的原野将有我今后几十年的生活。

康苏沟

连日的酷热让人很不舒服。每日坐在风扇前翻闲书，常常是书也翻不进去的。八九十年前，鲁迅先生就常抱怨天热，文章里写到的也不少，手头在翻的《朝花夕拾》中就有一段："广州的天气热得真早，夕阳从西窗射入，逼得人只能勉强穿一件单衣。书桌上的一盆'水横枝'，是我先前没有见过的：就是一段树，只要浸在水中，树叶便青葱得可爱。看看绿叶，编编旧稿，总算在做一点事。做着这等事，真是虽生之日，犹死之年。很可以驱除炎热的。"

鲁迅的文章我是爱读的，但还未见驱除炎热之功效。书香在燥热面前，真是不堪一击，于是一边流汗，一边发呆，胡思乱想。想起往年此时正在昭苏高原，穿着长袖在垦区来往，早晚说不定还会加件薄外套；如果是阴雨天，去康苏沟再往深处走，说不定还有一些雪在下。

这不是热坏了脑子妄想。前几年七月，偶尔几次进康苏沟就邂逅过雪天，有发到微信朋友圈的照片为证。随后的"胡天七月即飞雪""七月飞雪必有大冤屈"等评论，让人感觉朋友圈的众英雄真是所见略同。其实，所谓胡天，大约是真的，然而冤屈是没有的。

我们在高原就是如此任性。我们在高原自得其乐，自娱自乐。

早在好几年前的一个秋天，我第一次从康苏沟回来后，曾以诗歌的形式记录下了我对于它的想象：

撒下的种子，一颗颗都落在大地

最初的雨水夜里都滴在康苏沟

每一个瞬间，都有一颗种子发芽

每一个瞬间，都有成群吃草的牛羊

想到它们的家乡，一个叫康苏沟的牧场——

牧草如风，无处隐匿，怀抱的都是温柔

收割的是炊烟。一万亩庄稼的柴火

温暖途经团场的河流，据说这里的花园

遍地是果实。在这里

我将认识所有的草木，和它们称兄道弟

把酒驱寒，我会错过吗

万花盛开——云是下着的雨

康苏沟的泥土，是我永恒的未来

在高原垦区生活得够久了，发现康苏沟和我当初的想象那么相似。只是即便生活得够久，还是未能识得所有的草木，这是我应当感到惭愧和愧疚的。

团场的人很以康苏沟为傲。不论多么好的亲友从多远的地方至此，都要带他们进一趟康苏沟。如果不如此，如同请客时没让客人喝好，自己都觉得对不起得很——内疚。这也是我后来知晓的。

康苏沟，每年会接纳多少批同学聚会呢？毕业二十年、二十五年、三十年……进疆五十年的知青，从全疆各地，从全国各地赶回来的曾经的孩子们、青年们，他们对团场已经日渐陌生了，但还记得有一个康苏沟。康苏沟会记得他们吗？要等到聚会时，把酒话当年时就知道了。而且还要共同为康苏沟喝一杯，一个满杯，醉不醉的，喝完再说吧。

喝晕在康苏沟，睡一觉便是。说不定，睡梦里还能梦见儿时摘过的花儿。

康苏沟有花，各色的花，从花开到花落，也就那么几个月。当康苏沟里的花儿扎堆开时，天上的云也是一朵一朵正在走路的花，开在团场人的头顶，从团部走到十连，走到六连，经过八连就进了康苏沟。正如我在诗中写过的，"云是下着的雨"。在康苏沟真是如此，常常一阵雨就伴着云而来。然而正如德富芦花说的那样，"真正使人哀愁的不是雨，而是风，风是已逝人生的声音"。当我看到这些句子时，想起了躺在康苏沟的某个小山腰，看天看云看树，耳边的风声走过。

是的，康苏沟是有树的，多是云杉，它们被汪曾祺先生称为塔松写进了《天山行色》里。它们究竟已经在康苏沟生活了多久，谁能知道呢？肉眼是看不出来的。对它们而言，我们都是闯入者，带动了空气的波动，改变了风的行走轨迹，而它们不知所云的吟唱，牛羊会听得懂吗？牛羊会听懂的。

所以，康苏沟是有牛羊的，也有马，牧羊犬自是少不了的。有犬的地方，人是有的。炊烟袅袅不仅在诗里，康苏沟就有。人多是世居，住在这里多久了呢，几代总有的吧。祖先是怎么住进来的呢，如果有家谱，翻翻大概就知道了。他们的后代，有人成了牧民，有人成了护林员，有人当了干部，有人走出了团场。世居如此的他们，康苏沟的泥土，将是他们永恒的未来。这是我后来知晓的。

康苏沟里也有地窝子、冬窝子。地窝子现在是没人用了，但冬窝子还有不少。一到冬天，冬窝子内的炉子就烧得热热的，走得近了会闻见奶茶和馕的香味，偶尔也有羊肉的美味传来，可是在漫长的冬季，在无边的雪野，除了牛羊，都还有谁能闻得见这些香味呢？

康苏沟偶尔也会有一些奇石露面亮相。尤其一些大雨后，不少石头从深山顺着河道冲下来，等大水退去，总会有人在寻石头。缘分不到，也不会有收获。昔有苏轼谓：王维之诗，诗中有画；王维之画，画中有诗。昔有张岱谓：青藤之书，书中有画；青藤之画，画中有书。今会有人谓：康苏沟之石，石中有景；康苏沟之景，景中有石。我去了那么多趟，也未寻到一块，想来，可能是缘分未至，甚或根本我就是无缘之人。也罢了。

我说的是以前的康苏沟。

记不清是哪一天了，我们如往常一样进康苏沟，是去玩，还是干什么去的，已经不重要了。就在那一天，我在康苏沟看到许多电线杆、高压线，在头顶高高悬着，会随时掉下来吗？

再往后，工程车不断地往康苏沟深处开。他们要在康苏沟修一座库容200多万立方的水库。车开进去的时候，我已经准备走了。我选择在一年中最好的时候离开，许多地方都没有进去再看一眼。我走的时候，车还是只多不少，各种建筑材料，运进去就没出来，然后河道里的水小了。"康苏沟"，本为"雪水沟"之意，大概有一天会改名的。

康苏沟还会是康苏沟吗？我不知道。

我知道的是，人的力量真是太强大了，怎么想象都不过分。

谁在草原放声歌唱

在夏塔

印象中，夏塔峡谷总是和雨和湿气蒙蒙联系在一起的。六年前的七月四日和一行人去夏塔，就因落了不小的雨不得不折回来。后来写了一篇《等一个晴天去夏塔》表达遗憾之情，在文章的结尾，我写道："于我，第一次上夏塔，偶遇一场大雨，未能领略它的全貌，但已知足了，风景的动人之处在于慢慢品尝，岂能让你一次尝尽？所以，夏塔，等一个晴天，我还会再来的。"

那回的行程，因为有文字记录，倒也还记得清楚。在从夏塔回去两年后，我搬居到昭苏高原，几年里，常常和夏塔擦肩而过，有晴天，也有雨天，却从未踏步而入。

是在等一个好时候吗？我不知道。

在我还没准备再去夏塔时，有了一次再去的机会。距离上回，隔了六年。那年，我二十四岁，如今刚过而立之年。六年里，夏塔会成为什么样子，不好想象，一是因为上次根本就没进去，二是现在凡事万物都变化万端，都过去六年，即便我上次去过，大约也是变得认不出来了。

也许是巧合，我们此行重返夏塔正好也是七月四日，一行人中有几位师长上回也是同行人，现在谈起来都是感慨得很。

还好，这回是晴天。晴天在夏塔，会怎样？

我想寻找一些过去的痕迹，当然是妄想。甚至进峡谷口的路，我已认不出了。坐在区间车里，东张西望，两边的云杉当然还是那些云杉。六年的生长，在它们身上根本看不出痕迹。或许有些微变化，非细致之人不能察觉。六年时光，对云杉而言，是长还是短？它们从一开始就在这片峡谷幽深之处，生长，淋雨，吹风，有几代牧民经过，也会有许多牦牛羊经过。十年过去，又一个十年过去，它们慢慢有小孩胳膊粗了。再几个十年过去，有碗口粗了。再过去数个十年，有一人合抱之势了。

据说，这些云杉都有几十上百年的树龄，我是相信的。我们一行人中年龄最大者，近六十岁，但在这些云杉面前，还都是年轻人。

峡谷走得越深，陌生感越强烈，及至车停在神龟石边，我才稍微找到了一点旧影。如今的神龟石享受的待遇不差，专门修建了观景处供拍照。而我上次来时，它就躺在河流中，我们站在河岸看过去，居高临下，反而看得更形象。

神龟石当然是陪同我们到夏塔的当地人的叫法。抬眼看过去，确实有点像。因由这个石头，当地人再编一些有关西游记中唐僧取经路上的神龟等传说。有多少人当真，就不知道了。看的人不少，也听到有人在说这是人为为之，只是旅游的噱头。我默默地听，暗自地笑。上回来时，夏塔还没有成为风景区，进来也是不要门票的。神龟石就在那里。噱头自然有，和石头无关，与之有关的是围绕石头而兴起的传说、故事。

河水好像比上次小了点。"路边的河水非常湍急，而且浪涛滚滚，令我们奇怪的是，它的水流一直都是乳白色，犹如一桶桶牛奶倒入了河里。坐在车上的我们看着河水，开玩笑说是上游的牧民丰收，把牛奶、马奶子都倒入河里，让河里的石头也洗一回牛奶（马奶）浴。"这是我上次从夏塔回去的文字记录，但现在的河水清澈了许多，乳白色少了。待到再往峡谷深处走，遇到有牧民在路边卖牛奶、马奶子，喝的人不少，我甚至瞎想河水的清澈是因为牧民们把牛奶、马奶都卖给游客，而不再倒入河水里了。这当然是瞎想，河水的变化，大约和峡谷深处的建设有关。

余下的路，我们逆流而上，抵达峡谷深处。

"夏塔"是蒙古语，"台阶、阶梯"之意。

原来，一路上我们都是在爬台阶。登高而望远，但在这里不是。

台阶到头，是一片一眼看过去不小的原野，平坦。是的，在这里，在夏塔，我不能说出那些美好。牛羊、河流、石头、野花、丛林，在诗人笔下是诗。在夏塔，它们各就各位，按部就班，日复一日，有人时是那样，无人时还是那样。

首先是河流和石头，相伴相随，有石头的地方肯定有河流经过，或者曾经有过河流；有河流的地方，就会有石头。昭苏多的是奇石，尤其以夏塔的奇石为最，为珍奇。所以有人奔赴几百公里而来只为检验一下自己和石头的缘分。

夏塔峡谷流过的河流，是夏塔河还是木扎尔特河，都已经不再重要。这条河流经常有奇石出现，才是吸引人的地方。当我们在原野上漫无方向地漫步时，就有人逐渐分散而去了。

在夏塔，甚至在昭苏，在许多人看来，石头的诱惑要比草原、草原上的花花草草大得多。在高原的紫外线之下，那么多人穿着短袖走在裸露的河道上，河水的滋润丝毫没人注意，在他们眼里，除了石头，还是石头，翻来覆去地翻找，不时有尖叫声传过来，是发现了奇石还是其他什么原因，谁知道呢？

当然也有人注意花花草草。由于开春至今，昭苏的雨水一直充沛，花草都挤着往外长，重现了古诗中的"风吹草低见牛羊"。要知道，在昭苏，这也是好几年未见的景象了，至少六年前我未见过，后来在此居住至今也未见过。

草原七月，总是最好的时候，今年尤其如此。当我们步入夏塔深处时，开始还未留意，当我们躺坐在草地时才发现，其实花比草多，说是草地草原，也已经不那么妥当了，倒不如说是花地花园来得贴切。这是怎么样的一个地方呢？百花丛中有草，花开各色，我基本都是不识的。之前听说出版了一本有关伊犁植物方志之类的书，我还未见到。若是拿着这样的书，住在这里，对照着书，一样一样地认出来，也是有意思的。

没有树的地方，视野开阔，可以看到群山，群山之巅就是雪山。去冬今春，昭苏的雪出奇地多，常常下得没完没了，山上的雪线也比往年低得多，站在海拔较高的夏塔峡谷深处远望，就看得更真切了。

捡蘑菇

可能昨天刚下过雨，草地还是微湿的。微湿的草地上有蘑菇。要知道，在昭苏高原，雨后不会太久，蘑菇就会冒出头，在树下，在草丛里，在枯木上。

分散的人中，除了捡石头的，就以捡蘑菇的为多。捡蘑菇的人没有方向，走到哪儿算哪儿，见草丛里、树荫下、朽木上，有蘑菇就去捡，其他时候，他们和在草原上散步的人无异。

其实，这样的情景在昭苏实在常见。

昭苏草原春夏的新雨后，旷野上马匹羊群悠闲，风吹草低间，偶有三五人在地头找寻什么。

他们基本都是附近放羊的牧民。

他们找的是蘑菇。昭苏草原，土地肥沃，黑土流金，一场雨后往往蘑菇如新笋般冒起。他们都已经捡出经验来了，哪里多，哪里少，哪里的大，哪里的小，个个都了然于心。

在各自的地盘，个人捡个人的，互不干扰。然后一起骑着摩托车到团部，或卖给菜店，往往在半路就被附近开饭馆的截下来了。

谁若有福，就会吃上一盘素炒蘑菇、蘑菇炒肉、蘑菇炒蛋。或许在酒过三巡，还有蘑菇汤端上来。这样的生活，在团场的阴雨天，隔三岔五地就能遇到。这样的生活，多少年了，大都如此。

以前，读汪曾祺的文字，在《菌小谱》中，汪先生写到过许多种蘑菇。我最感谢兴趣的，就是他所提到的草原上长的"口蘑"以及奇怪的"蘑菇圈"。没想到，我生活在草原后，也得以常常见到。

只是，我不知道那是不是就是先生说的"口蘑"。我把它叫为草原蘑菇——长在草原上的蘑菇；当地人，更简单，统一称之为：野蘑菇。

我也曾捡过草原蘑菇。

那是刚到团场不久，我就被安排到了离团部最远的一个哈萨克族人口占90%以上的牧业连队。和其他几个连队干部一起待了大半年，忙的时候忙得要死；闲的时候，我们就自得其乐。初春，我们围着火炉聊天；春耕春播时，我们就跟在机车后面满条田地跑，一眼望不到头的条田，望久了，心胸也自然开阔了。

那真是一段潇洒的日子。

春播时，我们最期待的就是下雨了。可以好好休息，睡到自然醒。

然后开车到地头看看,然后要么去钓鱼,要么就去捡蘑菇。几个大男人,相约去草原捡蘑菇,在偌大的草原也算少见。到底是没什么经验,所获往往不多。唯有一次见到了汪曾祺写到的"蘑菇圈"。结果就是,捡完拿到连队食堂,再从牧民家里买了两只草原鸡。素炒蘑菇、红烧辣子鸡,几个人围着这两大盘菜喝酒。喝到酩酊大醉,就躺在宿舍里睡觉。

这样的生活,次数到底少,一年可能也就那么一回。

谁在草原放声歌唱

捡蘑菇的人和不捡蘑菇的人都在唱歌。走路的人在唱,捡蘑菇的人在唱,坐在树荫下喝啤酒的人在唱,捡石头的人也在唱。像是约好的一样,唱的都是《父亲的草原母亲的河》。

我们这一行人,没有蒙古人,但他们都唱起了席慕蓉作词的《父亲的草原母亲的河》,是喜欢这个诗人写的歌词还是这首歌和现在特别切恰?我没有问过。

有草原,有河流,就应该有歌声。此时的夏塔,更应该如此。在草原放声歌声的人都是有福的,福祉也将会继续降临。尤其是有风的时候,风把歌声带到远处,带到山的另一边,和更多的人一起享福。

享福的人中,就有一个我。歌声刚响起的时候,我正躺在云杉树下发呆。生活在草原上的人,是不太在意时间概念的。这样的地方适合发呆。此时,我就是如此。躺在花草丛中,有微风吹过。就是微风把歌声带来了:"如今终于见到这辽阔大地/站在芬芳的草原上我泪落如雨/河水在传唱着祖先的祝福/保佑漂泊的孩子,找到回家的路……"

"保佑漂泊的孩子,找到回家的路。"曾经就因为这两句歌词,我一遍又一遍地循环播放着这首歌。那已经是十多年前的事了。初到新疆，住在乌鲁木齐的校园里，偶然听到《父亲的草原母亲的河》，一下子就被打动了。那时，常自我感觉是文学青年，从安徽到新疆更是漂泊得不能再漂泊了，一下子从席慕蓉的歌词里找到了共鸣，于是买席慕蓉诗集、散文集来看。如今，不觉得十多年过去了。感觉，或许词作者想要表达的更多，关于背井离乡，关于文化传承，诸如此类，谁能说仅仅只是一首歌呢？

后来生活在昭苏高原兵团的连队，和一群哈萨克族人、蒙古族人为伴。歌声更是不断。也听过许多回蒙古族人在唱。在他们的歌声里，《父亲的草原母亲的河》又是另一种意义，在我还没有摸清楚时，我就匆匆地离开了。我还要去看看。

躺在夏塔的土地上，我又一次听到了《父亲的草原母亲的河》，出自诗人之口，又是另一番滋味，听到"心里有一首歌"时，我知道我该起来了。起来与捡蘑菇的人、捡石头的人、走路的人会合，往草原更深的地方走去。走在路上，又听到了两拨人在嘶吼这首歌。

是的，嘶吼。发自内心深处的嘶吼。

草原，让他们释放。

骏马和歌是哈萨克的翅膀。生活在昭苏草原上的哈萨克族人，他们与骏马为伴，歌舞相随。《故乡》《黑走马》，走在哪一片哈萨克族人聚居的草原都能听到，一听就能身临其境。

"吐汗解尔登"，哈萨克语，即为"故乡"的意思。在这里，我想说的是作为哈萨克族经典歌曲的《吐汗解尔》，即哈萨克语歌曲《故乡》。

我这个人，经历不算丰富，毕业后到了伊犁，进了当地一家晚报，一待就是三年。因为是做记者，要了解本地信息，当地电视台的本地新闻基本上都要看的，第一次听《故乡》就是通过这个平台。那时当地电视台在播新闻前总喜欢播一段音乐，很长时间里播的就是这首《故乡》。

那时我是不知道它叫《故乡》的。也就这么天天听下来，耳朵里也熟悉了这段旋律。有时候采访走在大街上，就时常听到从路边音像店飘出的这首歌，还以为是他们的流行音乐呢。当然，也就没当一回事。后来，没有后来。

从报社出来后就进了新疆兵团的一个边境团场，并在最基层的连队待过一段时间。这段不长的时间给我带来的愉悦，在后来的生活中常常让人怀念。

我在连队时的指导员是个五大三粗的哈萨克族中年汉子。那段时间正是春耕春植和秋收秋翻的高峰期，工作强度之大，一年罕有。劳累是显而易见的，但连队的同事们也常常累中作乐，隔三岔五打平伙吃大餐。从某种程度来说，酒确实能很好地缓解疲劳。于是，每次打平伙聚餐，酒必不可少了。八九个人，五六大瓶46度的伊力特酒，往往都是尽兴而归，倒床而睡，第二天一大早起来该下地的下地，该跟机车的跟机车，有条不紊。

我所在的连队，哈萨克族占90%以上，这表现在饭桌上就是吃着喝着就唱了起来。我们那时必唱的有两首：一首就是上面提到的《故乡》，还有一首是《父亲的草原母亲的河》。

《故乡》常常都是指导员独唱，而《父亲的草原母亲的河》则是大合唱，往往都是喝酒喝到尽兴时，说是吼出来的也不为过。后来我才知道，这个习惯在连队由来已久，我属于后来者。所以，多少次，我都是一遍遍地听着他们吼、他们唱，静静地分享着他们的音乐、他们的喜怒哀乐；

偶尔提一个满杯酒，大伙一吞而尽后又接着唱开了。

就是在一次次酒桌上，我又开始了一遍遍地听《故乡》，但却没有一次听到的是完整的。指导员经常唱着唱着，到快结束时，戛然而止，无论如何他都不接着唱下去了。之后就是喝酒，一个人喝，找人一起喝。第一次还以为他是忘词了，之后才知道几乎每次都是如此。某次，我依旧像往常一样在静静地听，周围的人或交头接耳，或抽烟喝酒，在快要结束时，我分明看到了这个哈萨克汉子眼中的泪水，很快地就被他擦掉了。直到我离开连队，我都没有打听他为什么不把一首歌唱完，尽管充满好奇，我还是忍住了。

听过几次，我终于把歌词的大致意思弄明白了。在那以后，我更是请连队的青年哈萨克族农业技术员帮我下载了这首歌，常常晚上循环播放，一遍一遍："谁不爱自己的故乡／给予孩子正确的教导／我的故乡，哺育我的热土／你的怀抱让孩儿温暖／啊……啊／我的故乡，哺育我的热土／你的怀抱让孩儿温暖／谁不爱养育我的故乡——母亲／你的秀丽让我如此欣慰和感叹／宽广的草原碧蓝的蓝天／让我激起了无比的灵感／啊……啊／宽广的草原碧蓝的蓝天／让我激起了无比的灵感／鱼儿在你的河里自由地游动／展翅的雄鹰游荡在你广阔的天空／飞到哪里，是我永远的栖息／是我永远的故乡／啊……／飞到哪里，是我永远的栖息／是我永远的故乡。"

歌词的大意，我见过好几个版本，却独独难忘这一版，真是奇怪。曾经在新疆生活多年的王蒙在离开后，依旧对这片广袤的土地念念不忘，尤其是那首《黑黑的眼睛》。他的那一句"一声'黑眼睛'，双泪落君前"，在初看到时是没当回事的。但2009年在伊犁，我作为记者独自专访他时，随口提起这一句，王蒙的激动令我有些手足无措。在以后的日子，我才渐渐明白，有些感情，没有亲身经历，大约真的很难理解。

除了《故乡》，经常地，看书看着看着，就想听一段《黑走马》。开始以为这是一次两次的心血来潮，等次数多了，才发现渐渐成了习惯。

想听就听了，一遍遍地听下去，循环播放。且罢，我也做一回哈萨克人，跟着《黑走马》的调子和舞姿，奔走在无垠的草原，绿的草，白的羊，紫的花，透明的溪水，远处是升起炊烟的毡房……

那一年九月，在伊犁师范学院的礼堂正有一场迎新晚会在上演，我作为记者坐在采访席，消耗着难挨的时间。突然，一支乐曲把正在天马行空的我惊醒了，连忙翻节目单——《黑走马》。歌是碟子放出来了，表演舞蹈的都是学校校园艺术团的学生，这是我第一次接触《黑走马》，却再也没有忘记。

至今，我依旧对曾经有过的三年记者生涯抱着无限的感激。它让我初到伊犁，就以职业之便沉入这里的土地，接触到的都是许多初来乍到者无法遇到的。而伊犁也以她宽广的胸怀接纳了我这个从古皖之地远道而来的青年，并让我用最快的速度融入。

之后，还是做记者时，在不同的场合听过几回《黑走马》，照旧很喜欢。甚至有一次，在一个不知名的草原上，喝过酒后有幸看到了即兴表演，演唱者的嗓音大约是在酒后，更显得伊力老窖那般醇厚，舞蹈的奔放，没有经过52度烧酒气氛的烘托，是无论如何也达不到的。

《黑走马》是哈萨克族人的歌曲中当之无愧的翘楚。《黑走马》之舞蹈和乐曲，对哈萨克族人来说也像生命一样珍贵。

这在之前，是无论如何也不能理解哈萨克人这种情感的。

从报社离职后，到了比伊宁更偏远的边境，居住在七十七团，干了一段时间宣传后被分在了离团部最远的九连。这是一个哈萨克人占九成以上的连队，我分管的恰是和他们最有关系的畜牧业。这才第一次见到了乐曲中提到的黑色走马，只见此马走时步伐平稳有力，姿势优美，蹄声犹如铿锵的鼓点，踏在收割一空的草场，更踏在了哈萨克牧民的心里。

一匹黑色的走马，让初到九连的我，对以后的工作和生活有了更多的期盼。这样的期盼，时间愈久，愈显得浓烈，就像珍藏的马奶酒，醉过才知酒浓，醉过才知情深。

每次和哈萨克族人喝酒，喝着喝着就开始唱起来、跳起来了。而我最想看想听的就是《黑走马》了。也常常能如愿以偿。听的次数多了，尤其是在那样的气氛，看着他们专注的表情，仿佛随时都能唱起来、跳起来，事实上确实如此。

有次和几个哈萨克族职工去收青储玉米，机车在地里收割，而他们聊着聊着就唱起来了，没有冬不拉就清唱吧，声音盖过了机车的轰鸣，飘向了远方，带着哈萨克人的心灵翻越了西天山。

大约是为了缓和气氛，不至于太冷落我，一位老哥问我想听什么歌，"《黑走马》"，我脱口而出。稍后又觉得有些不妥，这样的环境，这样的氛围，他们会唱吗？可是，歌声已经唱起来了，而另外的小伙子已经在地头跳起来了……《黑走马》真是可以无处不在啊，就像生命一样。

《黑走马》真是可以无处不在啊……

《黑走马》听过、看过多少遍，却从来没想过去找人问问，或找人把歌词翻译成汉文，以求更好地理解。这大约和五柳先生的"好读书，不求甚解"异曲同工吧。魏晋人的风度，实在值得我辈怀想。古有陶渊明好读书，不求甚解；今有毕亮好听《黑走马》，不求甚解。也是大妙。

看见风在走

有风在走，许多人看到了，也有许多人没看到，可能他们故意视而不见。他们低着头，在找蘑菇；他们低着头，在捡石头。在草原上，蘑菇的诱惑、石头的诱惑总是会比其他的许多东西要大。

我们这是在夏塔，一条幽深的峡谷就在我们脚下。一行二十多个人走走停停，停停走走，时间在这里变得很慢，越来越慢，至少这一天钟表上的时针、分针、秒针仿佛是停止的。在一条河边，一条有树荫的河道边停下来，席地而坐。几步之外逐渐风干的牛羊粪，丝毫没有人注意，也有有心人留意了，但不在乎。

在这样的峡谷，什么都是原生态的。草，百花，群树，河流，裸露的河道，正淌着的河水，流水冲刷过的石头……都是原生态的。当然还有捡到的蘑菇和未捡到还长在草丛、树下的蘑菇。

如果有人说我们在矫情，就请过来看看吧。吹吹风，晒晒太阳，看看太阳，望望雪山。矫情也没有什么不可以。

已经不知道我们坐在这里多久了，没有人掏手机看时间，也没有人抬手看表。坐得我想换一个姿势，于是我就地躺下了。其实，不仅是我，还有一些人也东倒西歪了。就像我们刚刚喝过的酒瓶，东倒西歪在草地里，白酒瓶、啤酒瓶。我们上来时，怎么就没发现有人带了这么多酒，等到坐下，敞开心思畅聊时，酒就从各个地方被发现了，被本地人号称"夺命大乌苏"的啤酒，小瓶装的白酒，一斤装的白酒，喝到后来就东倒西歪了。

我没喝酒，我也歪在草地上，随口问："酒是哪儿来的？""捡来的。"是醉眼蒙眬还是蒙眬欲睡的人这么回答。我也当真了。是的，在草原上，见到未开瓶的酒，是可以随意喝的，谁知道是不是有人故意放在这里让花花草草也喝一场酒呢。此时，在草原，我们成了花花草草。在尘世的草原上，我们本来就是花花草草，二十多棵，这时候被风吹得歪歪斜斜。

我侧躺在草地上，抬头是云杉，转过身抬头还是云杉，我是睡在云杉丛里的。我平躺着，眼里是云杉针叶丛中撒下的碎碎点点的阳光。雪山大概在云杉林之外吧，我来的时候看到过。

这时候，我看到了风在走。

是的，风在走。我在昭苏生活过四年，草原见过不少，有名的，无名的，大的，小的。在这里，我竟然看到风在走。

其他人呢，也看到了吗？肯定有人也看到了，但是他们装作没看到。他们已经散开了，有人继续东倒西歪，东倒西歪地在草丛中找蘑菇，说不定会邂逅一大片蘑菇圈，那我们晚上就有口福了。还有人正东倒西歪地走着，朝河道走去，是风让他们东倒西歪的吧？昨夜的雨水冲洗过的河沟清爽，也裸露了许多石头，有本来就在这里的，也有跟着雨水一起下来留在这里的。石头的表面还是湿的，也有干的，在太阳的照射下，有光四溅。有一小群人就是朝着四溅的光而去。越来越近，听到细流声了。

昭苏多奇石，尤以夏塔为最。走在河道的人不时有尖叫声传来。尖叫声让躺着的我看到了风在走。走着的风，把他们的声音带到我的耳边，还会带得更远吧。这时候的风，大概是一个蹒跚老人，缓缓慢行。

　　我眯着眼，感觉风从四面八方走来。睡着的人，置未喝完的酒不顾，瓶盖也没盖上，风带着酒味经过我躺下的地方，还有睡着的人呼噜声，若有若无，都和风走得快慢有关。

　　捡蘑菇的人越走越远，可是风让我知道了他们的方位。他们正在此起彼伏地嘶吼着《父亲的草原母亲的河》，吼出了酒气，也吼出了激情。"父亲曾经形容过草原的清香"，这时候风在走的时候也把清香带给我了。几个人唱完了，另外的人再唱一遍，也是风让我知道他们在走动，停下的时候就会有蘑菇吧？

　　风是怎么走的呢？这是个问题。横着走的，那是螃蟹。斜着走吗？有可能，古诗里都说了，"斜风细雨不须归"。古人生活比我们简单，观察得也比我们细致，说风是斜的，倒是有可能。也有可能是立着走的，割过的草就跟着风立走在草原牧场。有时候，马的毛，羊的毛，也是立起来的，这是风走的时候路过它们身边吧？

　　想着，想着，我感觉自己睡着了。因为做了一个梦，梦里我跟着风走，走到河道捡石头，走到草丛里捡蘑菇，遇到一个不大的蘑菇圈，足够我们吃一顿。

有一场雨在许多人心里发酵

临走的前夜，团里下起了雨，不大也不算小。

我失眠了。晚上办公室同事给我送行，我没喝酒，喝的是奶茶。起码有五十几碗，这时候肚子里满是奶茶等着消化，这不是睡不着的主要原因。

这样的雨夜，会有多少人失眠，会有多少人在听着雨声，在雨声里入眠？我知道，这样的夜里，有许多人正在心里发酵着一场雨。

我在这里住了四年。有雨的晚上不少，有时睡得很好，有时听着雨声也失眠。此刻，我就这么躺着，虽是盛夏，但在团场有雨的晚上还是要盖被子。在昭苏高原，一床被子盖四季。夏季反而比冬季要盖得厚。这就是昭苏。

睡不着，索性就不睡了。站在窗前，看着外面，此时正是四点二十一分。我发了一条微信朋友圈，没想到没睡的人还不少，马上就有人点赞，有人评论，有人发"?"。打开窗户，一股冷风灌进来，可以看到雨线在路灯灯光下很明显地斜飘着。

这是去年才装上去的太阳能路灯，光亮是白色的，在这样的夜晚看起来惨白。但雨水冲刷了惨白，感觉意境慢慢出来了。这样的雨夜，这样的灯光，适合临窗喝茶。可是环顾室内，东西已经收拾好准备明早装车，茶叶也打包装起来了，热水也缺。茶就不喝了，看雨，看路灯吧。

四年前，也是这个季节，我初来这里，还没有路灯。晚上走在团部，黑灯瞎火，人影很少，多少个加班的夜里走在路上，就着手机微弱的光独行。看着星星，看着月亮。如果是冬天，晚上基本都在下雪，踩雪的声音伴着我一路同行。如果是雨夜，我会走得很慢，"雨入空阶滴夜长"，夜长了还可以多睡几个小时。白天要是继续在下，就更是睡觉的好天气了。三十岁的人了，怎么睡都睡不够。

我在团场生活的时候，尤其是在连队，下雨的时候最让人欢喜。在干旱之年，下雨就是下钱。不仅如此，一下雨，我们就闲得多，不用往地里跑了，就打平伙吃饭、小酌，他们大声嘶吼《父亲的草原母亲的河》《红萝卜的胳膊白萝卜的腿》，我听着。这都是雨带来的。雨打落庄稼地里的尘埃，也让我们有了放松、偷懒的借口。

我不能体会世居在团场的人对雨的感情。前两年，我曾在一场大雨后凭着浅薄的理解写了一篇《及时雨》，短短的千字，现在看来更像我在这里居住的一千多个日夜，茫然，无绪。

在雨夜，最先想起的总是雨。而此时细想在团场关于雨的记忆，一拧就是一大把，从指缝里漏掉的，马上又重新被打捞起来。

雨水发酵久了就成了酒。团场的雨天，大半都是阴冷的，喜欢喝酒的人应该都会喝两盅。喝酒是男人打发雨雪天的最好方式，而女人则是围在麻将桌上，一过就是一天。

所以，下雨是让人欢喜的。

当然，也有讨厌下雨的时候，主要是五月和九月。五月暖气刚停，九月暖气还没来，下雨的晚上气温降得更低，裹着一床被子睡觉都冷得很。晚上睡觉，早上起床，都冻得哆嗦。这个时候，不知道有多少双嘴在咒讨厌的雨。此时，早已忘记了在另外的月份，翘首企盼一场酣畅淋漓的雨到来时的那份急切。人，总是善于遗忘的。

今年的雨，下得没有规律。规律是在团场住了几十年的人总结出来的。只是，近两年的气候不断地打破着日常的经验，该下雨的时候大风吹彻，该晴天的时候荫翳不见太阳，冰雹、干旱、洪涝……考验着团场人的忍耐力。

从冬天开始，团场人就对今年的收成充满着期待。一切只因为从隆冬开始，一场雪接着一场雪，而且每场雪都很不小，按照往年的经验（又是经验），开春以后雨水肯定不差，希望的种子已经随雪一起下在了人的心里。

雪化完，地一干，机车就该下地了。先种麦子，麦子播完隔上一周或者五天的，就该种油菜了。但今年一进四月，雨就下得奇怪，接二连三地下，地还没干透呢，又湿了，如此往复。机车下不了地，种子播不下去。往年清明以后就该下地了，陆续就可以在地里看到播种机在尘土里往返在条田。眼见着都二十号了，麦地才播了几千亩。种地的人，没种地的人都着急了。"这么好的雨，等种下去再下，多好啊！""这雨，要下在六七月，今年日子就好过了。"……话虽是这么说，雨还是日夜不停地下。

终于，有两个晴天就通宵地播肥播种，雨又不打招呼地来了，团场的人真是又爱又恨。到了月底，总算有几个晴天。播肥、播种，拖拉机、劳务工，没日没夜地在地里奔波了，好几个通宵，终于把十多万亩麦子播完了，紧接着就是种油菜等作物。

到了五月，雨没见少。前几年修的水库，今年终于满了。而洪水也接着一次次来了。先是一场连夜的暴雨，冲过河道扑向刚出苗的麦田，连队干部发现及时，才避免了损失。没过两天，哈桑沟又发现了险情，一百二十个青壮年民兵，用五个小时阻挡了洪水的侵袭。

我在这里已经生活了四年，第一次见这么大的洪水，参加抗洪，当然也只有这一次。也因为雨水的充沛，湖泊成了湖泊，河流成了河流，往日裸露的河床在水流下静默。

站在窗前，雨滴裹挟着往事，在路灯下串成一条线。

我知道，明天我走的时候还会有雨，天气预报说的。今年的天气预报特别准，尤其有关下雨的预报，还没有误报过。我知道，什么时候都会有一场雨在团场人的心里发酵。他们世居于此。

秋水

时间一日一日过去，而我们在通往故乡的路上依旧杳无音讯

——有所感

1

秋天仿佛是一夜之间来的，尾随着一场雨水而来。

昨日还毫无感觉，一早起来，首先是皮肤感觉到了凉意。到窗前，外面是一片蓝，抬头向上，少时写作文常用到的"万里无云"一词，放在此刻十分妥帖。经过秋水的浸润，秋天变得更纯粹，这样的天蓝，我住在昭苏时常常见到。

已经有些年未曾留意过秋天了。说是未留意，实则是根本没有感觉。以前我住在昭苏，或许由于后知后觉，感觉不到秋天，夏天过完直接就进入冬天。这是身体的切身感受，前一天还被夏日艳阳照得脱层皮，第二天就冻得直哆嗦，快快把毛衣、羽绒服拿出来。然后，雪就下来了，并不停止，一直下到第二天。

今年盛夏，我离开住了四年的昭苏。终于进入了秋天。正是九月，尽管已经到了尾声，在并不遥远的乌鲁木齐纷扬地下着雪，而边城伊宁

正是秋高气爽（这也是写作文的时候经常用的）宜人之时，有风，但不冷，很适合步行。

七年前，我第一次在这个小城度过秋天。一切都那么新奇。借着做记者的便利，在秋日漫步穿过大街小巷，到处都令人称奇。走走停停，那时没有相机，手机也还未智能；走走停停，停停走走，都记在了脑子里。后来，有些小巷拆迁、扩建，白杨等树木或伐或迁到它处。

那时候，年轻，脚力也好，走一天也不觉得累，晚上回到宿舍，写完新闻稿，再写诗、写散文，白天的小巷、白杨、蓝色庭院、路边的鲜花都被逐一写到诗里、写进散文。再后来，我不做记者了，也不去关心曾经的白杨城少了几许白杨树。

而此刻，走在路上，感觉像是回到了七年前。抬头是未全黄的树叶，有些已经在风雨中零落。前夜读诗人沈苇的《西域记》，见他这么写阿力麻里城的苹果花："春天，城里到处弥漫苹果花的芳香。当时的环卫工人的职责之一是清扫苹果花，将他们一车车运往郊外作肥料。因此郊外的土地变得肥沃，更适宜五谷生长。成熟的五谷煮在锅里散发苹果花淡淡的香味。"

看到环卫工人在清扫随时飘下的落叶时，就想起了阿力麻里城的苹果花。一春一秋，一花一叶，我们一直在从他乡走在他乡，时日走得久了，过了而立之年，就成了定居之处，子女的故乡。

2

雨是在下班路上下起来的。

都走进小区了，雨滴慢慢落下，是真的慢，一滴一滴落在外套上，拿出手机看时间，偶尔有一滴两滴滴落到屏幕上。我还是不疾不徐地走着，待到了单元门，雨也未见大起来。

寒露一过，天黑得更早，还在吃晚饭，就黑透了。书桌上摊着昨夜未读完的杂志，封面正好是表达寒露季节的画面。封二上一段有关寒露的句子，在细雨的灯火下，读起来便格外显得有韵味：

秋风过后，鸿雁随太阳南归。

日照渐短，气温越来越低，大地也正在散去它夏天积蓄的热量。

从白露到寒露，露水从视觉的"白"，变为体感的"寒"。尤其当冷雨突至，甚至会有冰冷瑟缩的感觉，秋已经深了。

月明，露冷，秋空透澈，桂花吸吮夜露，为人吐出屡屡幽香。

桂花谢后，继之以菊。草木多情，隆冬到来之前，特别以自己的芳华，和秋日告别。

寒露三候：寒露之日鸿雁来宾，又五日雀入大水为蛤，又五日菊有黄华。

雨是渐渐大起来的，在边城，这样的冷雨往往是入冬的前奏，晚报新闻上说，暖气这几天也将陆续供上，"冰冷瑟缩的感觉"已经来了，就在夜里。而二百公里以外的昭苏高原，暖气已经在十日前就烧热了，这样的夜当是有一场不大不小的雪在落吧。

雨像是下了一夜的样子。我睡觉时是两点钟，还在下。早上起来第一件事，就是看窗外，地是湿透了，待到出门方知还有雨丝滴下，可以忽略不计的雨丝，走在这样的深秋也不觉得冷。

还是和往日一样，步行去单位，一路上哪里有一家馕店，哪里在卖烤包子，从胜利街十九巷走到十巷，会经过几家早餐店、几所学校，心中是有数的。经过一夜雨水打落、风吹落或者其他什么致使落下的叶子，有枫树的，有白杨、青杨的，颜色纯黄，黄中泛灰，灰中点缀枯黄，无一例外经过秋水的浸泡，都是软绵绵的。落叶杂乱无章，有已经被扫堆在一起的，踩上去松软，没有了晴日里一脚上去的碎裂声。

落叶也正在沿着秋水之脉络，潜伏进冬之心脏。仿佛也如寒露一般昭告天下：秋水至，冬即来。

3

有一些雨落下时，我正在路上。

一早出门坐车去昭苏，这是我从昭苏出来后第一次回去看看。我知道，熟悉的地方到处都是风光。群山，山脚的河流，河边的石头，转场的羊群，打过草的草场，割过的麦地，冬翻后裸露的黑土地也还没有被一场又一场雪覆盖。

都是我熟悉的。

还有雨。雨是在路上下起的，不算大，车声盖住了雨声。我坐在最后一排，被摇颠得昏昏欲睡。手中上车时读的《从乡村到城市一路疼痛》快掉时，惊醒了我。自从"望得见山，看得见水，记得住乡愁"以后，这类书仿佛多了起来，我书架上的七八本都是友人送的，临出门时随手从书架抽了一本带上。一路上读得昏昏欲睡，我这不是从乡村到城市，也不是从城市到乡村，乡愁都在秋水里，从边城到边城的路上。

这一路上近二百公里、四个小时，过去的几年里，每年都要走几十趟，有时一觉睡到昭苏县城，有时却格外清醒，公路边去年秋天砍挖后新栽的树，黄叶还未落尽，雨水打落的一些正在风雨中飘摇。三十年的生活经历告诉我，飘摇的不仅仅有江河里的船，还有风雨中的树叶，还有许多，必将在生活里逐渐体会到。

其实，每个人走向还乡的路上都饱含乡愁，只是有人将乡愁带进深山丛林，终日与百年以上树龄的云杉为伴；有人将乡愁随同秋水一起融入河道，或干涸，或流走，流到特克斯河，流到喀什河，流到巩乃斯河，流到霍尔果斯河流，最后都流到了伊犁河，从此，毕生追随着伊犁河水向西而去，做一个名副其实追赶太阳的人。

当然，还有更多的人在路上，徒步，骑马，坐车，终点各不相同；还有更多的人不知道圣·埃克苏佩里这个人，但正在用双脚验证着他所说的"大地对我们的教诲胜过所有的书本"。

我在路上。更多的树叶在树上。是否摇摇欲坠，在接下来的雨水里它们将等待检验。经过秋水，叶子黄得愈发纯粹。若是汪曾祺老先生见此，在他的颜色的世界里，会用什么样的色彩来描述？"明黄、赭黄、土黄、藤黄、梨皮黄（釉色）、杏黄、鹅黄"……在颜色的世界里，任凭想象，"世界充满了颜色"。

当我行至昭苏，气温从出门时的十几度降到了零下一度。雨已经变成了雪。

我将在这里住一夜。

4

雨落在铁皮上，噼里啪啦，惊醒了睡中人。初以为是在家中，摸手机看时间，凌晨四点多，开始清醒过来——这是在炕上，这是在村中住户家。再细听，雨声中有鸽子的咕咕声。晚上住的这家，有鸽舍。铁皮就是鸽舍上用的。

　　最近，常住在村中，也曾历经过几场雨，各个季节的雨。春雨缓慢绵密，夏雨急促倾盆，秋雨从容不迫。从容不迫的还有汪曾祺笔下上海的雨，是在他唯一一篇写上海生活的小说《星期天》中："我很喜欢这间棚子，因为只有我一个人。除了我，谁也不来。下雨天，雨点落在铁皮顶上，乒乒乓乓，很好听。听着雨声，我往往会想起一些很遥远的往事。但是我又很清楚地知道：我现在在上海。雨已经停了，分明听到一声：'白糖莲心粥 ——！'"

　　这间棚子是汪曾祺的"听雨斋"，他在这里批改学生作文、写小说，也看小说，还写大字……生活过得艰难而诗意。此时正是1946年，在这之前，他熟悉的是昆明的雨，是故乡高邮的雨。

　　被雨声惊醒的夜里，听着雨声天马行空地乱想。想到汪曾祺和《星期天》，是因为有雨落铁皮屋，也是因为临睡前翻看了一幅汪曾祺的画，《残荷不为雨声留》。我以为画的正是此刻的深秋，虽无残荷，却有葡萄正鲜绿，后来注意画的落款，"辛未秋深"。"辛未"，当是1991年，他在画不为雨声留的残荷时，会想起四十五年前的听雨斋吗？

　　在其他的许多地方，正是秋雨桂花落的时节。边城无桂花，落下的是桂花一样颜色的黄叶。干脆的落叶经由雨水润湿浸泡，踩上去软绵绵的，亦如茶的入口温软。到村里的前几日，在友人的茶室喝茶，喝的是桂花九曲红梅。茶由九曲红梅与桂花融合而成，初喝时不知满口生香的是何物，再喝还是不知，我的味蕾真是迟钝。经友人提示才知 —— 哦，桂花之香。将桂花和茶叶置于一处，肯定不是如我这样久居北方之人能想到的。果然，此茶出产于杭州，和西湖龙井是乡亲。

　　每个月我都要来这个村住六七天、十几天，在村边、在巷口，遇到的也都是熟面孔，不熟的也都慢慢熟起来了，许多人还能叫出名字。对他们的来历，我也略知一二；他们对我，也所知不少。许多时候，我是他们中的一员。

我现在住的是平房，夏天还算阴凉，一入秋，就冷得厉害。尤其是雨夜，寒凉更甚，醒来就不容易再入睡。与村庄一路之隔的地方，高楼林立，小区铺排，在十多年前或者更近时，这里都是果树和庄稼。在村里生活的虽都是农民，却是没地的。他们是失地的农民。多年不种庄稼，无问收成，他们逐渐丧失了关注天气的热情，干旱或下雨，都在远离农活，即便生活住的是农家小院，院中也还种有几畦菜蔬，植有几棵果木。只是，农事已与他们渐行渐远，再无关联。

不可确定的雪

雪最先是从山上开始下起来的。

当时还是八月九月，我们来往伊宁、昭苏时都要经过白石峰，遇到阴雨天，也会和一场雪不期而遇。自从有了微信，还会拍上几张照片、几个小视频发到朋友圈，必然会引起一片新奇的围观。

新奇是相对而言的。走过多少趟后，我们习以为常，麻木了。

到了十月，这样的雪，在昭苏真是见得太多啦。离昭苏县城二十公里的团场，雪早就一场场地到了，无须任何仪式，有时就在一个熟睡的深夜下起来，等凌晨醒来，已经是厚厚的一层。

厚厚的一层雪踩上去，在安静的团场清晨，脚底和雪层碰撞的声音通过连绵的雪的内部传得很远很远，让春天远行的人在冬天可以跟着声音找到回家的路。

在冬天，总会有一场雪在等候他们回来。当雪正下得热烈，出门在外的人就知道哪一场雪最终将会开启他们回归的序幕。雪无论在什么时候落下来，都如同一篇早已布局好的文章，雪的词语正好镶嵌在归途，为了记录一路上的群山、达坂，抑或只是为了覆盖走过的脚印？

正如西格德·F.奥尔森在《低吟的荒野》里说的，"北方的春天值得你期待梦想半年之久"，而在昭苏，雪也同样值得期待，只是无须半年之久。而且一旦下起来，就旷日持久地下。

这个时候昭苏高原上的雪，有一种静静的美。常常一下就是几天，走在旷野里，触目所及，了无人烟；除了雪，还是雪。走得远了，回过头来看着自己一个人踏雪走过的脚印，也慢慢地消失了。雪，依旧在下着。再回过头来，那看不见脚印的来路，仿佛你从空中直接落在了雪地上。而对一场雪的观察，也就显得尤为困难。且不说要克服零下二三十度的低温，还得冒着被雪埋盖的危险。

在这里，我曾见过一辆没有停在车库的轿车在一夜之间深埋于雪下，而它的主人却见怪不怪。在这里，我们单位的院子里曾经停过的高大的民兵应急车，经过一个冬天的雪，它的一半车身深陷雪中，当地的人们一样见怪不怪，倒是让我这个初来乍到讨生活的人，惊讶了整整一个冬天。

果然，在第二个冬天，我不出意外地加入了见怪不怪的行列，冷漠地打量着一场又一场雪。那些雪，旷日持久的雪，日复一日地下在同一个地方，大路上、人来人往的地方，被扫掉、铲掉，它们接着下。人迹罕至的角落、被人忽略的角落，一场雪盖住一场雪。这些有雪的地方，连牛羊都懒得问津了，它们正逗留在某个冬窝子，深情地望着山的另一边开春时绿油油的草场和清爽的河水。

而我，一个突然闯入的外乡人，就在旷日持久的雪中经历着一季季隆冬，经历着春种秋收，却没有冬眠。冬眠的时间都用来干一些与雪有关的事宜，扫雪、铲雪、推雪，尝试学古人羊孚描述一场雪："资清以化，乘气以霏，遇象能鲜，即洁成辉。"

语出《世说新语》，同为东晋人的桓胤还把这首《雪赞》书在扇子上以示喜欢。这真是本奇书，尤其适合大雪的冬天围着火炉、围着暖气诵读，再一条条抄下，以此对抗昭苏垦区的高寒。一本书抄读下来，始觉冬季的漫长和雪的旷日持久真是不攻自破。

雪一旦太多，就会以雪为累了。

累的是扫雪，而我们叫铲雪。

有一年冬天，昭苏的天气出奇的冷，零下三十几度，我在新疆也生活了十多年，还真是初次遇到。出奇冷的天，团里那么多私家车，因为气温实在太低，一辆辆都打不着了。打不着的私家车，就像一堆铁皮，被一场场雪掩盖着。

出奇冷的天，能不外出就尽量不外出吧。菜都是一买好几天的，蜷缩在暖气烧得很热的房子里，真是一种幸福。

出奇冷的天，雪却也出奇的多，一场接着一场，不大不小的雪不声不响地下着，也有十多公分厚。于是，扫雪。

生活在阿勒泰的作家李娟在文章中写道："说'扫'雪，实在太含蓄了。说'铲'雪、'打'雪、'砍'雪都不为过啊。那可真是个力气活，用铁锨挖，用剁铲砍，用推板刮，拼命在雪堆里刨开一条通道，杀出一条血路。雪是轻盈浪漫的，可一旦堆积起来，便沉重又坚实，不近人情。"

我们在昭苏，同样要用铁锨挖，用剁铲砍，用推板刮……铲雪是个力气活，这也是我到了昭苏，经过一个冬天才知道并深有体会的。

昭苏的雪，夜里下，上午下，中午下，下午下，似乎无时不在下。在冬天，在昭苏，总感觉除了雪，户外是一无所有。羊群马匹都躲进了冬窝子，偶尔的一只野猫也是雪地里一闪而过，不留给人一个反应的时间。

这样的天气里，单位往常例行的早操、跑步也都取消了。因为实在太冷，其实主要还是因为要扫雪，扫雪可是个力气活，劳动强度比做操、跑步可大多啦。

冬天，扫雪的阵容真是壮观，单位院子里，大街上，门前屋后……都是扫雪的人，扫雪的工具五花八门，很多还真是初到昭苏的我第一次见到。后来，经历的次数多了，对这些工具真是深恶痛绝，似乎没有了它们，雪就不用扫了似的，无意中就把它们当作了"帮凶"。

柴米油盐酱醋茶，开门七件事，在昭苏还要加上一件：铲雪。我是慢慢习惯的。但刚来的时候，每次都要经过提醒才记起：经常地，上午、下午上班第一件事就是铲雪，这完全是自发的，不需要催促，不需要通知。早上进了办公室，电脑都顾不得开，从门后拿起铁锨、雪铲、推板就到了各自的责任区，闷头推、铲、扫起来，再抬头看看，差不多一个小时过去了。

刚进单位时，就曾听说，一个人行不行，不经过一个冬天是无法知道的。其实，他们的言外之意就是工作能检测一个人的能力，铲雪更能知道一个人人品如何。只因铲雪是个力气活，偷懒耍滑，老道人是一看便知的。这样的说法，在单位久了，就不止一次听人说过。那两年，进单位的年轻人不少，基本都是刚毕业的大学生，分在各科室。于是，在日常聊天时，各科室之间不可避免地就开始聊起了各自的新人。有经验的人就说，这雪还没下几场呢，哪能知道行不行。说者、听者，就一下子都会意了。

刚到昭苏时，我没有吃早饭的习惯。这当然是恶习，但到了昭苏没多久就改过来了。我到团场上班时正是初冬，过了几天就下起了第一场雪，空着肚子铲雪的滋味实在不好受。身体上的累是一方面，看着年纪比你大得多的同事铲起雪来，浑身干劲，再比照自己实在汗颜得很。于是，第二天开始早早起来吃早饭，因为谁也不知道雪什么时候下起来，一旦停了，随时都是要扫雪的。

在昭苏，偶尔可以终年见雪。

五月，雪刚断了。可在山区，雪还是不断，这也是我后来知道的。

到团场第三年的六月，因为工作需要，经常跟着领导往返康苏沟。有几次，刚进康苏沟口时，正下雨，越往深处气温越低，雨水越大。感觉就是一眨眼之间，雪就落在眼前了，仿佛有一道分割线，过了这条线，雨就变成了雪，真的是纷纷扬扬的，而且风还大，雪斜着飘落，草场的草还是碧绿的，雪落在草丛，绿白相间，格外醒目。更多的雪落进近处的云杉丛林里，不见了。

而此时，在不远处的白石峰，去年冬天的雪还没化完呢，偶尔又有新雪覆盖。

今年，正是六七月的时候，每周往返伊宁和昭苏之间路过白石峰，总能看到不少挂着外地牌照的车停在一片片雪前拍照，甚至还有很多次，在雪地里一堆人围着正吃西瓜呢，我们停车休息，他们吃着西瓜然后自拍，正是自拍神器开始流行的时候，他们拍得不亦乐乎。

在昭苏高原生活的几年，常常有与雪为邻的感觉。难道是因为在高原，离太阳最近的地方，雪也下得最大？在我回到伊宁后不久，十月初因事回昭苏，一路上都在下雨，时大时小，过了特克斯，到了昭苏，过了天马雕塑，下着的雨慢慢成了雪——昭苏在下雪，地上已经开始泛白，时间久了，就会盖上秋天翻耕过的黑土地，直至明年三四月土地才慢慢露出黑色的容颜，然后机车下地，春耕春播开始了。而此时，在几十公里外的白石峰，偶尔还会有几场雪下来，整个冬天的雪也才慢慢有了融化的样子——此时白石峰的盘山公路是封闭的，一般到"五一"时才开放。

漫长的冬天，面对覆盖黑土地的一场又一场雪，我也只能以雪为邻。

"守着大地永恒的花蕊，希望被雪花浇灌后的土地草木葳蕤，五谷丰熟。我走过的路，一夜过去，都盖上了一层厚厚的雾凇。它在路边。它还带着割过的油菜的体味。它还存留着收获进仓的冬麦的气息。"许多回，面对一场场雪，我只能如此表述。

我已无法表述。

我刚到团场工作时，被分在宣传科做新闻干事。这对到团场以前做过三年晚报记者的我来说，干起来倒也不会有什么问题。工作之余更多的只是想体验团场的生活。所以当得知林业部门每年冬天都会巡山时，就早早和林业站联系，巡山时，我跟着去拍照。

巡山的时间一般都定在十二月。此时的大地尽力掩盖着它的本色，仅以白色示众。我们是骑着马进山的。我的坐骑是从附近的边防连借的军马，早已被驯服得指东不往西，这对从未骑过马的新手，正合适，安全也能得到保证。我们的向导是有哈萨克族、维吾尔族、俄罗斯族血统的老牧民，他经验丰富。

我们天蒙蒙亮就进山了，将会在山里度过整整一天。如果一路上不顺利，还将在山里住一夜；住的地方倒无须操心，牧民的冬窝子是现成的安居之所。

当我骑在马背上穿行在群山中，面对脚下的土地，突然感觉自己成了囚徒。在这片雪域大地上，我们都成了囚徒似的，大地广域的囚徒。面对正在落着的雪，或停下的雪，肯定会有许多人如我一样总是难以平静，肯定也有人从睡梦中惊醒，或从来就没有安歇。

这广袤大地的囚徒。

我们正走在冬天的边缘，马蹄印留下的地方，有谁能料到一个囚徒坐着驯服的马可以奔走在整个雪域而不停歇。"啊，大地是一个充满香气的花萼，而雌蕊和雄蕊则分别是月亮和星星！"面对茫茫雪野，我无端地想到了路易·贝尔特朗的诗句。

我们见到了散落在雪原里的小木屋，比《低吟的荒野》里写到的捕兽者的小木屋要大一些 —— 这是牧民的冬窝子。到了午饭点上，我们进了一家木屋，一股暖流迎面而来，屋内火炉烧得热热的，上面放着烧水壶。在这里，煤需要马驮进来，所以能少用则少用，一般烧的都是干的牛羊粪。而在木屋不远处，一排排整齐垒好的牛羊粪和木屋一起，构成了整个冬天的温情。

就地取材。一个冬天，雪地的温暖都来自这些干粪。

梭罗说："把生活压缩到一个角隅里去，把它缩小到最简朴的条件中。"牧民将这种简朴发挥到了极致。这里的生活基本是原始的 —— 除了用来储电照明的太阳能板外，但他们好像很少用到。

小木屋在这个多雪的冬天，和雪野融为了一体，远望过去，也是雪野的一部分。

他们将在这里度过整个冬天，直到来年四五月，夏牧场成片绿起时，他们开始转场。整个春秋，小木屋空敞，有误入进山者，可以在此歇脚。

在昭苏高原，春天的到来不是春江水暖鸭先知，也不是路边的树发苞露芽。雪，是雪最先知道春天已来，然后众人才幡然醒悟 —— 哦，春天到了。

昭苏，尤其是垦区高原，冬天除了雪，还是雪。所以在县城，冰雕、雪雕早已刻好了，能管一个冬天而不融化。当某一天夜里下起的雪，早上起来却已经看不到，昭苏人都知道，离春天不远了，因为地气已经上来，河水也开始要翻滚了。

或者是某天上午，雪毫无征兆地下起来，落在地上就化为水。唉，这时候，常住在垦区高原的农工们就知道，春播就要开始了，早早把种子、肥料备好，开始联系机车。麦子早一天晚一天播种，无关收成；油菜就大不一样了，等到秋收发现，早一天播种的比晚种下的，要多收好几麻袋，悔恨也无济于事。来年，还是早一点吧。

但是，在这之前，对不起，雪下起来，该扫的还是要扫，该铲的必须铲，雪停就是命令呀。有一年立春那天上午，正开着会呢，雪就飘飘洒洒地落下，一上午时间，堆起了十来公分厚。眼看着化雪无望，会议结束后，不用主持人说，已经各自到库房拿雪铲、铁锹、推雪板等开始铲、推开了。在团场，这规模，大概只有军训时可以比拟。

时间终于到了三月中旬，雪还是那样，不分日夜地下，有时白天，有时晚上。不同的是这时候的雪，已经不再那么招人厌恶了，原因很简单，因为这时候的雪，已经不用再扫了，到了半中午气温回升时就不知不觉地化完了。

然后，走在通往八连、九连的路上，猛然发现路边的两排高大杨树已经翠绿；偶尔此时，昭苏高原的雪还在下，下到条田里就是雪灾了。幸好，这个时候是很少见的。

一个漫长的冬天，就在一次接着一次的扫雪中过去了。

当下了雪，不用扫雪时，我们知道，春天来了。

春天来了，有些积雪就会自己慢慢融化。

家门口的雨

外公去世前的一个多月，一直卧床不起。卧床不起的日子，一直在下雨。感觉那雨，下得真是漫无尽头。我匆忙从新疆奔回去，天天守在他家。在他的床前，在他家的堂屋，在他家的廊檐下，看着雨落，心情的阴郁，也跟屋外的雨一样不间断。

雨下得久了，干旱多时的排水渠也都灌满了水。有一天路过时，听有什么在水中搅动，走近前看，却是一条鲤鱼在浅水中拍打，搅动声就是如此传出的。搅出的泥水盖住了鱼鳞，抓回来洗净一称，两斤多。躺在床上的外公，大概随时用尽全身力气仔细关注着外面的一点一滴动静，听见我们的惊呼，他也是好奇的。那时候，他还能断断续续地说几句话。便问是不是打鱼了。打的鱼，炖汤肯定鲜得很。只是他也知道，他已经再也咽不下鱼汤，也咽不下所有的汤了，每天只以葡萄糖、微量的水维持生命。

三四月的天，连绵的雨，到处都充盈着水意，甚至连空气都能挤得出几滴水。可是床上躺着的那个人，八十刚刚出头，身上的水分却在不断地一滴滴地失去，慢慢干涸。身体的干涸，让他丧失了言语，眼也多是无神的，只是偶尔有变化，那是他想要湿嘴唇，或者其他意思。妈妈和二姨，多半能猜出其中的意思，她们也都是做奶奶的人了。

卧床没几天，他就不能进食。开始还能进一点流食，慢慢地，流食也咽不下去了，接着水也咽不下去。只好用棉签沾湿，抹他的嘴唇，每次湿透的棉签沾上他的嘴唇，他都伸出舌头，想要添一点湿意。也许，仅仅是伸出舌头，就要用尽他全部的力气。然后积蓄力量，等待下一次伸舌。几次之后，我们知道了，每次给他湿嘴唇时，都用另外的棉签，也湿润一下舌头。偶尔有几滴水滴到嘴里，可以看得见他喉咙的动，只是他再也无力吞咽一口水。

他刚开始卧床不起时，每天都要挂水，村里卫生院的医生每天骑着摩托车来，先是挂四瓶水，过了几天减为三瓶，后来，他已经瘦得经脉萎缩，挂水的速度越来越慢，药水也不能吸收，胳膊肿胀。而一墙之隔的屋外，雨滴却越滴越快。到后来，雨还没有停下来的意思，药水已经进不了他的身体。就只有那么干熬着。这真是一件让人绝望的事。身体的消耗既缓慢又迅速，也许只有他自己能够感受。

就在日复一日的雨里，外公把自己熬得越来越干。室外充盈的湿气，已不能温润他的皮肤，更不能通过他骨头的裂缝渗入身体深处。他的全身干皱。他终将要把自己耗干。

有时坐在他家的廊檐下，看着门前的水塘，雨滴落在水面泛起的水泡，此起彼伏，偶尔有几只鸭子冒雨游过，也迅速钻入菖蒲丛中，惊起数只野鸭子迅疾从菖蒲中窜出，空留一串被惊动的池水。

一场又一场雨后，门前的李树开花了，桃树开花了。雨还没有停。也有又刮风又下雨的时候，那些天看着雨打花落，我已经很多年没有在这个季节回家了，渐渐淡忘了梅雨季。看着躺在床上常常一动也不动的老人，感觉他不是在岁月中渐渐老去，而是在病时挣扎中死去的。我对他的印象还停留在五年前，毕竟距离上次见面已过去五年。五年里，他迅速老去，然后用不到两个月的时间死去。

在老家乡村，还有不少瓦房。青瓦、黑瓦，日久的风雨，许多瓦块渐失本来面色，雨水从瓦檐落下。雨大时滴落成水流；雨小时，是真的滴落，一滴接着一滴，频率仿佛都是计算好的。屋檐下，一排大大小小的坑，那是水滴石穿的现实体现，一点点水存在坑里，清澈透明，水下泛红的土，透过浅水看过去，分外清寂。

这些本来都是好的，如若平时看着，也许会生出些诗意。只是想想一屋之隔的老人，因久未进食已经瘦成皮包骨头。握着他的手，都是骨感。中国的许多词语，真的是从实际经验而来，以前对此无感，只是未曾经历。即如瘦得皮包骨头，以前都只是在书上看看嘴上说说，待现实就在眼前时，经久的无力感包围着守在床前的家人身上，而躺在床上的他，大概已经力竭得想马上死去。可是，我们都知道，他是心有不甘的，即便八十二岁了，但才刚开始过上好日子。

鲁迅在《孤独者》中，借着魏连殳之口说："她的晚年，据我想，是总算不很辛苦的，享寿也不小了，正无须我来下泪。况且哭的人不是多着么？连先前竭力欺凌她的人们也哭，至少是脸上很惨然。哈哈……可是我那时不知怎的，将她的一生缩在眼前了，亲手造成孤独，又放在嘴里去咀嚼的人的一生。而且觉得这样的人还很多哩。"后来，我看到这里时，常想起的是我的外公辛苦的一生。在生下小女儿后，外婆抛夫弃女，自杀一死了之。留下最大的女儿五岁，她二十一岁时成了我的母亲；最小的女儿尚在襁褓，还未断奶。在二十世纪六十年代，一个独身男人想要养活三个女儿，何其艰难。终于，不得不将小女儿送给他人抚养。现在，那个三十出头的年纪就独身未再娶的男人，他老了，他就要死了，他会见到五十多年前就先他而去狠心的老婆吗？

每次看着我拿着茶杯在他床前，茶叶飘着，他的嘴唇都在蠕动。偶尔用茶水沾湿他的嘴唇，他也是尽量伸出舌头，想舔一舔。连续的雨中有几天放晴了，季节正是茶树吐绿时，没过几天就能摘茶了。某日，我们去摘茶，回来炒完就泡在杯中，茶汤的香满溢在屋里，他的眼神亮了几下便又复归黯淡。

喝了一辈子茶的老人，躺在床上，此时想喝一杯茶而不得。连白开水都吞咽不下。外公是好茶的，经济条件差的年代，喝的茶肯定也好不到哪里去。近几年，条件好些了，茶的档次慢慢上来了。他喝茶，基本都是半杯茶叶半杯水。我还小时，曾经尝过，那茶真是苦得像药。后来读知堂，记得"咽一口酽茶觉得爽快，这是大人的可怜处"，不免会想起晚年茶杯不离手的外公。后来的许多年里，我都不愿去碰茶，而现在已经是不可一日无茶，只是没有喝得那么浓。也是在他临走的床前，我才计算过，我出生那年，他虚岁五十一。后来的十几年里，他都还是像个壮劳力，挑完他家的稻把，步行十几里路，来挑我家的稻把。而所食，好的不过是一碗咸肉炸鸡蛋面。

他生命中最后的时光，身体的痛，也正如连续的雨水，已经侵浸到大地骨髓深处。眼睁睁看着他在痛苦，我们这些围在床边的后人却无能为力，心里装满的都是矛盾：希望他早点走，得以解脱；又希望他能好起来。明知这是不可能的，医院都已经拒收的病人了。人在绝望时，总是期待奇迹之光能在黑透的夜里亮起来。但就像我们不能让一场自然之雨说停就停、说下就下，奇迹总是在我们最需要的时候忘了我们。

日子一天一天掰着手指头过，从新疆回来第二十天了，第二十八天，第三十五天，第四十一天……归程已经拖得不能再拖。我看着他，他看着我们。在能说话的时候，晚上我坐在他床前，他断断续续地说："你

么时候去困觉，去困吧。"早上起来去他屋里，他又说："你起来这么早做么事，多睡一会儿呀。"他眼神空洞地望着我。有无助，有痛苦。有一天，他憋住全身力气，吐出几个字："你赶紧回新疆吧，那么远，还要上班……"

外公的隔壁，就是他的哥哥家，如今也是儿孙满堂、四世同堂，举家住在西安城里。因久无人住，家门前灌木丛生，杂草无序乱长，雨季里青苔无数。但多年前，他们亲兄弟曾经为了一寸宅基地，手足相拼。他们争斗过的地界，也早已模糊不清。外公是夜里走的，他哥哥的三个儿子，他的三个亲侄子，从西安坐飞机到安庆，再包车回来奔丧，送他们小爷上山。在床前，在殡仪馆，在山上，这三个也都已经是做爷爷当外公的男人，他们哭，他们不眠地守夜。而外公最小的女儿，因无力养活而送人的女儿，我少年时称呼为小姨的女人，自始至终都未出现过。

外公走的那天夜里，雨停了，我正在回新疆的路上。之前，是表弟送我去的火车站。路上他说，爹爹一生未坐过火车，去得最远的地方是合肥。我看着火车在铁轨上奔驰，铁轨两边的土地，在雨后还是透湿的。而我的外公，他三天后就要长埋在地下，会听见火车铁轨的震颤吗？以后的雨，会落进他的身体里，他再也不会干渴。

雪落在雪上

当下午的阳光渐渐退去，天一如往常地暗下来，然后就到了晚上。他坐在客厅的电脑前，看着暗下来的天。

临近太阳落了，他想起窗子还没擦完。站在窗沿，看着夕阳映在楼下绿化带的雪地，昏黄中有点红。他记起曾经见过的红雪，阳光映照在雪地上，宛如一团大火在雪地里燃烧，烟冲上云霄，那个时候的云正好是烟灰色。

四五年过去了，他一直忘不了那个景色。是的，景色，他觉得那就是风景。那时候，走在哪里都是风景。

看着楼下的雪，他想，掉下去也许是会死的吧。雪虽然算厚，毕竟是在四楼，也许掉下去的时候头会碰到雪下的石头。下雪前遗落下装修后的建筑垃圾，此时都是致命的。也许，死了，也不会有人伤心。在这个边城快十年了，他几乎切断了和同学的一切联系。和老家亲人的电话也是能不打就不打。上班就去图书馆，长年累月坚持步行上下班，从家到办公室，三公里的路程，要经过两个红绿灯，天气好的时候二十七八分钟就能走到，雨雪天需要走三十五分钟。一路上的店面、草木，经常遇到的人，都不由自主地被记在脑子里。

十几万人口的边城，看书的人就更少了。他这个图书管理员真是轻松得不能再轻松。他的工作仿佛只是每年世界读书日前把一份活动策划书放在馆长破旧的办公桌上，然后到隔壁的广告门面去做一条八米长的横幅。一年剩下的时间，感觉像是静止的。

擦玻璃没擦到半小时就觉得累了，想休息。到书房的沙发上躺着，随手在书架外侧抽出一本书，扉页上写着买书时间和地点：2007年11月10日，乌市。那年的那天，也许正在下雪吧。在那些年里，他经常一个人冒着雪穿行在一个个旧书店，然后拎着一包包书堆在宿舍里。那些书，多年里都没翻动过。正翻着，从书里掉出一张纸片，捡起来看，是一张空白的大学宿舍住宿卡。也许在宿舍看书时随手夹进去的吧。

本来想休息的，却又陷入回忆里，就更累了。还是去继续擦玻璃吧。三室两厅的房子，窗台和玻璃真不少。每扇窗户都擦三遍。先用湿抹布擦一边，再把报纸揉成一团，擦一遍。最后再用干抹布再来一遍。

天擦黑的时候，他开了客厅的灯。雪又了下起来，室外的路灯也一起亮了。在白色的路灯下，雪落在雪上，明天早上起来，肯定又厚了许多。他想，他像雪一样，落在雪上，会怎样？

电脑音箱里放着的是洪启的《他乡的雪》和花粥的《远在北方孤独的鬼》，已经循环了整个下午，倒也很贴合这样的天气。

雪还在下。雪也许是更大的一棵树上的果实，被一场世界之外的大风刮落。它们漂泊到大地各处，它们携带的纯洁，不久即繁衍成春天动人的花朵。——他以前读《大地上的事情》的时候，不曾注意过这些。最近重翻，见最后一页留下了上次看完这书的时间，已经是前年盛夏的事了。是的，这是他的习惯，他习惯每次看过一本书，都在最后一页留下时间、天气，或者心情之类。想想，前年，像是多么遥远，可在他，也只是擦一两次玻璃的时间。

前年，他正在离边城更远的高原上，盛夏的高原，绿色占领了视野所及的地方。看书时，大概也顾不过来三个月后就会持续到来的"更大的一棵树上的果实"。从十月开始，高原的主色调就是白了，雪的白，雾凇的白。

在高原，有时，他也会抄几篇文章。他抄张岱的，整本地抄《陶庵梦忆》，抄到《湖心亭看雪》，抄得都能默写了才作罢。他仿佛记得十几年前，这篇短短的《湖心亭看雪》被印在语文书上，是要求背诵的，大概曾经也背过吧，抄时，一点都没有印象了。当然，他也抄汪曾祺的：

雪花想下又不想下，

犹犹豫豫。

你们商量商量，

自己拿个主意。

对面人家的屋顶白了。

雪花拿定了主意：下。

短短的几句诗，抄两遍就记住了。他还抄汪曾祺的短文《荷花》。"下大雪，荷叶缸中落满了雪。"写得真好啊，真好。多年后，他有机会到扬州去出差，正是荷花开放的时候，他想起曾经抄过的这一句。汪曾祺的故乡高邮，是扬州下辖的一个县，荷叶缸原来是这样的，在冬天落满了雪，多好，就是一幅画。

"下大雪，荷叶缸中落满了雪。"他又忍不住自言自语了一遍。他是喜欢读汪曾祺的，这是他身边许多人都知道的。有一次，一个北京的朋友，一下子给他寄来了十几本汪曾祺的散文、小说，他感觉这真是莫大的恩情。那时，他在更远的乡下。孤寂之时，也是读书的好时候，他读汪曾祺，读鲁迅。寂寞时，常想的是鲁迅在会馆抄古碑、校《嵇康集》。

这么一想，他也就释然了。

他常想，也许自己的心态和鲁迅一样，觉得北方固不是他的旧乡，但南来又只能算一个客子，无论那边的干雪怎样纷飞，这里的柔雪又怎么样的依恋，于他都没有什么关系了。如此想，他更觉得生无可恋。看着雪，他想喝酒了。晚来天欲雪，能饮一杯无。

就着室内室外的灯光，客厅的玻璃差不多擦完了，他看着电脑屏幕，桌面上有一篇夏天没写完的《远在北方高原的雪》：

近几日，新疆连续的高温，四十度已经不是传说，连号称塞外江南的绿洲伊犁也免不了在高温中烘烤几日，一时本地媒体的新闻标题也成了《我和烤肉之间　只差一把孜然》。天一热，除了上班也就懒得出门，宅在家里看书。

看的是《世说新语》，记不清是第几次翻这本书了。也巧，正热的时候看到的正是羊孚所作的《雪赞》："资清以化，乘气以霏。遇象能鲜，即洁成辉。"桓胤看到后，"遂以书扇"。此刻高温中看到此节，想想雪，想想这把扇子——大约热天扇此扇子，也会显得格外凉吧。

也是在此时，格外怀念昭苏的雪。离开昭苏后，又回过几次，最近的一次已经是半年前了，那时正是隆冬。

去昭苏，下午四点半才从市里出来。我感觉出来晚了，后面一路可能风雪为伴，天一黑就更不好走了，此行可能不太顺利。我有些担心。尤其担心在特克斯大阪被堵住。过去的一些年里，在来往昭苏的冬天，我曾经多次被堵在峡谷里，进不得，退不了，只有干等着着急。

走在去昭苏的路上，想起以前住在昭苏的日子，尤其是冬天，安静，除了工作忙外，真是看书的好季节。那些与雪为邻的冬天，有些夜晚甚至能听见雪落的声音。昭苏冬天的旷野，实在太寂静了。在夜色里，鲜有人迹，偶有野猫出没，也是一闪而不知躲在哪个角落，零下二三十度的夜里，有雪，更显得像是冬天。我常常是靠坐在暖气片旁，温一壶茶，看书、抄书，短暂地过着与世隔绝的生活。那些日子，真是看书阅读的好时候。

那些雪一样细碎的时光里，我在昭苏高原看雪，看书，看油菜、小麦、香紫苏种植的全过程。我在昭苏、伊宁之间来回穿梭。

每个周末去伊宁市，有一次走得晚了，正逢大雪，一路上我们的车走得很艰难，车灯覆盖的范围内，都是雪，雪盖着雪，一层一层又一层，根本分不清哪里是路，哪里是路边的沟，只能慢慢而行，凭着对整个路况的熟悉来行驶外，别无他法。前面的车刚过，车辙还没看清就被风和新下的雪盖住，看不出样子来。我坐在副驾驶位上，一边盯着窗外，一边看着后视镜。在不到五公里的范围内，有十几辆车驶到路基以外，或翻车，或侧斜。所幸也因为雪太厚，人都无大碍。也是一场接着一场的雪，让我意识到生活在昭苏的不易。

坐在车上，看到远处雪地一个挂着木棍的男人，以木棍探路，一脚深一脚浅地走着。周围空无一人，没有房屋，甚至连发出声音的动物都没有，雪地里的孤独，会是怎样的呢？

回来路上，都是雪。看了那么几年。还是觉得很美。车上的人都在拍照。天之蓝已经让工业时代的人们难以想象，也不敢置信。而树上的雾凇还很好。

宁静是它的主要部分。

又一个雪天，上班路上看电子书，看的还是《世说新语》，想的是曾经下了三十多个小时的雪。

又一个深夜，用手机听电台广播，正是花粥在唱《远在北方孤独的鬼》："如果我带你回我北方的家，让你看那冬天的雪花……"然后在网上把歌搜到，又听了一遍。感觉唱歌的人，必然是北方女子。后来知道，花粥是新疆人。

就像岛崎藤村在文章中写到的，昭苏人也是如此："就这样，冬天到来了。对于在恶劣气候里劳动的人们来说，这是一年中最快乐的休息的时节。"当然，也有许多昭苏人，在冬天，选择进城去打零工。

然而，当此刻，我坐在风扇下记下这些时，想到一路上的雪，还心有余悸。

——文章到此，就再也没有写下去，大概是写不下去了吧。用第一人称写作，总是难以为继。现在还记得的是，写下上面的段落时，他正在看《低吟的荒野》。

一场大雪带来的题外话实在不少。他收拾好擦洗工具，把自己也洗净后，进了厨房。菜是中午剩下的，当晚饭正好。只是，室外的雪越下越大，更多的雪落在雪上，让夜色变得静谧。

一个人走三公里要多久

出团部到昭苏县城，从昭苏县城回团部，都要经过一条三公里的岔道。去年岔道重新修整，新铺了一层柏油，光洁了不少。岔道口立了一个大牌子——"全国文明单位×××迎您"。字是分两行喷上去的，底图是油菜花的照片。

因为这里有数十万亩的油菜花。每年七月走在这里的土地上，怎么走都是一眼的金黄，其间夹着深绿、淡绿，那是草原、麦子，或者其他的什么。

油菜花不仅是江西婺源的名片，也一直是团场人的骄傲。走到哪里都忘不了油菜花黄。团场人也有自己的坚守。

在团场人眼里，婺源的油菜花算得了什么呢，小里小气的，哪里像这里，一眼望过去——其实根本望不过去，你压根都看不到边界。让团场人引以为豪的还有，吃着油菜籽榨的油，走到哪里都是香，花香，油香。

因为三公里这样不长不短的路程，也因为这个大牌子，慢慢地，这里有了一个约定俗成的地名，在地名志等书里找不到，地名普查的时候，往往也是被忽略的。但是只有一说，团场人都知道。我后来看汪曾祺的小说《徒》，里面写到谈家门楼，说："谈家门楼巍然突出，老远的就能看见，成了指明方位的一个标志，一个地名。一说'谈家门楼'东边，'谈家门楼'斜对过，人们就立刻明白了。"看到这里，我就想到了"三公里"。"三公里"就是"谈家门楼"那样的存在。

三公里。是的，三公里是个地名。"你家的人到哪里了？""刚过了三公里，再有几分钟就到家了。"诸如此类的对话，在团场会经常听到。我没有统计过团场人常用词都有哪些，但"三公里"出现的频率肯定是靠前的，如果团场人有自己的百度系统，"三公里"肯定是百度热词。

"三公里"是团场人锻炼身体的主要场所之一。散步是团场人锻炼身体的最主要方式。

在团场，散步不叫散步，而是叫走路。"你昨天走了没有？""走了，走了，三公里一个来回。""六公里，正好。"……在新疆，我们计路程，不说里，用的是公里，就像计重量，用的是公斤而不是斤。这是我来新疆十多年后才慢慢适应过来的。

走路的人以中老年人居多，像我这样三十岁左右的人很少。最开始，坚持走路的人，大多是身体多少有点毛病，意识到健康的重要性了，于是锻炼起来。三公里这条路，"糖人街"这个名字，慢慢被人叫开了。这是在我到团场之前的事了。

走路的人里，有一个我。

在这三公里路上，走路的人一般都集中在早晚。早上起得早的人不少，去三公里走一圈回来真好。而对于我这个年龄段的人，早晨正是嗜睡的时候，出门吃早饭时常会遇到已经走路回来的老军垦们。

我一般都是午饭后慢走。几个单干户一起合伙做饭，吃完饭正好散走。团场就那么大，也都是常住在此的，走在路上都熟悉，互相问候一声，继续各走各的。来来往往，往往来来，还是以老军垦为主，这些二十世纪五六十年代因为各种原因汇聚到团场的江苏人、四川人、河南人、上海人等，在这里一住几十年，口音都还没改过来。有些走路的人，随身带着个收音机，或者带音乐播放器，各种地方剧种走路的时候也常常都能听到。

高寒地区的冬天漫长而单调，这个时候走在三公里的路上，满眼除了雪还是雪，走路的人就少了许多。团场的人，都蜷缩在家，通往三公里的路上一下子安静了许多。等到三四月，雪开始融化的时候，人开始多了起来。

走在三公里的路上，我们遇见了春，遇见了夏，遇见了秋，独独不想遇见冬，但是也躲不过去，用四五个月的时间来积蓄力量。

走在三公里的路上，我们遇见了草慢慢从土里冒出来，遇见了麦子播种，遇到了油菜播种。麦子、油菜出苗时我们从地边走过；扬花、灌浆的时候我们在走；油菜花开、结籽的时候，我们还走在往三公里去的路上。然后，走在路上，遇到的就是收割，先是麦子，然后是油菜，有些年头还会有香紫苏、胡麻，或者其他的什么作物。收过的地里，更加空旷了。"在这个世界上秋天深了／该得到的尚未得到／该丧失的早已丧失"，海子的诗句，走在三公里的路上，有心人也能感受到。

然后就是大雪覆盖。大雪覆盖后的土地，也会留下牛羊马走过的印迹。汪曾祺若是在这里生活过，会不会写一篇《三公里月令》这样的文章？

走在三公里的路上，也会遇到麦子和油菜的倒茬。这年看了一茬麦子，第二年就是油菜；那年看了一茬油菜，第二年就是麦子。我们生活在高原，气候让我们能种植的东西那么少，我们除了种麦子、种油菜，还能种什么呢？

　　团场是一个多民族居住区，走路的人里当然也有少数民族，尤以哈萨克族为多。社会的发展，促使哈萨克人改变了逐水草而居的生活方式，开始逐步定居，从毡房搬出来，住进了楼房；团场盖的精品小二楼，买者也以哈萨克人居多。终于有一天，我们发现，这些从草原搬到团部的哈萨克人也开始走路了。从马背上下来，开始散步，这是一个民族不小的变化。曾经有人建议我写一篇报道，好几年过去，我还没写。

　　一个人走三公里要多久，我也不知道，我已经走了四年，也不是四年里每年都在走。有些人会走一辈子，一辈子也走不出这三公里，其实他们也不想走出来。就这么走着，走着，慢慢走着……一路上的花草都无比熟悉，都是自己的近邻，处得习惯了，这样也很好。

时间的缓慢

我又回到了昭苏。

也是在去年这个时候，在一个清晨，我坐着一辆皮卡车翻山从这里离开，车斗里装的是我四年来的家用物什。然后，在这一年里，我又数次匆匆而来，匆匆而回。一路上的二百公里，经历过雨也经历过雪，经历过秋也经历过春。

但是，值得再一次强调的是：此刻，我穿越七月的花海和草海，翻越过三千米海拔的白石峰，我又一次到了昭苏。

过去的几年里，我一直生活在昭苏边关，和草木为伍，与河流为邻。如果你认为我现在这么说，纯属写作者的矫情，那么我将和你辩论，就坐在昭苏随便哪一条河边，看风从身边走过，然后我们谈论草木和河流，果真如此也甚好。

那些年的昭苏高原生活，说忙碌也忙碌，心灵更多的是放松。休息时，躺坐在草地上，听草木低吟，喝茶，看五月落雪，看七月落雨。看着雨雪滴落在草木和草木之间，看一些河道在雨水里很快地形成，然后过几天又恢复为草原的样子。只是后来我才知道，对于这里，我仅是一个路过的人，即便住得再久远，也终将会离开 —— 它们不属于我，或者不属于不是这片土地上的任何人。

　　终将会离开的还有此地的草木，生长了五十多年的新疆杨，康苏沟里生长了百余年的雪岭云杉，经我手种在阿依娜湖边的百亩榆叶梅，也将会在雨水里一点点被消耗，也终将会被风带走。和世居于此的人一样，长眠于此。刚住进这片土地时，我还不知道，距离我住的房舍不到两公里处就是一片墓地，埋葬的都是开疆拓土的老军垦。墓地就在河的另一边不高的山坡上。曾经的某个上午，我从耕种的条田被紧急地叫到这个山坡。看着散落在草地上的铁锹、榔头，我们将要在中午之前挖好一座坟坑——昨夜又一个老军垦没熬得过时间，走了。那是我第一次走上那个山坡，看着立在阳光下的碑石，它们长久地与草木为伴。

　　时间就在草木间溜走了。我来新疆也已经整整十二年了。十二年又被平均分成了三节，其中重要的一节正是在昭苏的四年。这当然是在我离开后才逐渐意识到的。

　　当我在昭苏的旷野中漫无目的地奔走时，遇见了去年的干草垛。

　　经过一个冬天和春天的雪雨，草垛还没有矮下去。它们堆在康苏沟口，旁边是一排一排牲畜圈舍。干草垛，经有经验的牧民之手堆积，它们形状各异而在风雪中不倒。当年，作为一个远道而来之人，我会想过住几年就走吗？事实往往都是如此，年轻人的脚步总是匆匆，而年老者，早已习惯了高原的干旱和洪水，在不多的风调雨顺年份里，种地。

　　四月以后，种下油菜和麦子；在秋天等待收获。

　　为装点生活，还会种下几十亩香紫苏。

　　殊不知，没过几年，这种和薰衣草同属唇形科的植物、主要用于提取香料的香紫苏，在昭苏高原已经是仅次于小麦、油菜、马铃薯的主要种植作物了。如今，一到七月，昭苏高原除了以前的油菜花黄外，又多了一种紫色的香紫苏，这激起了不少人的好奇心，在前往格登碑、夏塔古道的路上，专门去看看和薰衣草不同的紫色香料。还有人专门驱车两百公里只为一睹传说中的香紫苏。

我觉得，看过的人大概都有不虚此行之感：脚下是紫色的香紫苏，往远处是黄色的油菜花连绵，再往远处是绿色无垠的草原，更远处是银白色雪山，再往远处就是蓝得不能再蓝的蓝天了（昭苏的蓝天，实在值得大书特书）。色彩清晰，层次分明，油菜花黄，香紫苏色，如茵绿草，即是昭苏夏日的主色调。

昭苏的雨也是说来就来。尤其是夏日的云彩里，说不准哪一片就裹挟着一场短暂的急雨。说不上是幸运还是不幸，当我在解放桥湿地漫游的时候，就和一场不期而至的雨偶遇。结果，我避无可避，全身淋得湿透，好在很快就艳阳高照，蒸干了衣服上的水分，而心还是湿湿的。曾经的一些时光里，我是多么地期待有一场说来就来的及时雨浇灌庄稼，让油菜花期延长，让正在灌浆的麦粒更加饱满。

去年，我临走的前夜就是彻夜的雨和失眠的夜。后来，我在一篇《有一场雨在许多人心里发酵》的文章中做了详细的记录。现在看着落在草原上的雨，再远望湿地那边我曾生活过的土地，往事不免随着雨水打湿的土地一起蔓延到看不见的远方。

站在解放桥，看着河水滔滔，我发了一条朋友圈：解放桥湿地，曾经钓鱼，徒步，浪荡的地方。配图是湿地、河流和七种不同的野花。那些年，有时周末不回市里，就常从团部徒步到解放桥，坐在河边，看水流，看马群蹚河而过，也有时候约三五同事钓鱼。

我们通常都是周末睡到自然醒后，到老地方集合。然后就是采购，火腿肠、卤肉、花生米、啤酒……还有，50克装的红星二锅头，一人一瓶或两瓶。鱼饵是老早就准备好的，一群人浩浩荡荡地就往河边去。

等到了河边，放眼一望——呵，钓鱼的人比鱼都多，有人开玩笑说。但这并不影响钓鱼人的心情，在找钓鱼位置的时候，一路遇到的都是熟面孔，停下来聊几句，抽根烟，接着往前走，到各自常钓的地方去。剩下的时间就各显神通。没过多久，只听一声惊呼从远处传来，不用想都知道那是上来了一条大鱼。紧接着就是一阵艳羡声传来，周围的钓者信心也更足了。

这是他们，我们还是钓我们的，或许在乎的只是过程，对于结果如何就鲜有关注，也许大家都关注，但都没表现出来。一直以来，我的耐心极其有限，根本就受不了钓鱼这种漫长的等待，不停地换着"根据地"，一天下来，往往无所获。

很多时候是等不到一天下来的。钓了一段时间后，肚子开始饿起来了，鱼竿还继续放在河边，我们已经把带的垫子铺开，吃的喝的都拿出来，嗑着花生，嚼着豆腐干，吃着火腿肠、卤肉，一阵啤酒喝过后，开始喝二锅头了，50克装，实在要不了几口就喝完了，大概要的就是那种气氛吧。酒足饭饱后，钓鱼的心思真是淡多了，往往都是躺在草坪上，一觉睡了过去。

以上是过去的生活，现在只能想想，甚至只能偶尔想想，不能多想。那些年，在昭苏垦区，真是过足了惬意生活，尽管也常常忙得昏天暗地。

昭苏的云是我极爱的。"冬天多云，不过太单调了。还是夏日的云多变化。夏日的云比冬天的少。从云的妙趣上说，我以为从春到夏更有意味……"，这是从岛崎藤村的一本书里读到的。然而，昭苏的云，真是四季都好。所以，我写了一篇《会走路的花》来记录我曾经在昭苏看过的云。也许仅仅只是偶然，这成了我离开昭苏后写的第一篇文章，还意外地被《散文选刊》转载了，我把这些都归结于昭苏的赐予。

　　我们是正午抵达阿合奇草原的。抵达之初，就看到草原边缘的油菜花黄漫无边际地涌来，顿时让我们这些远道而来的闯入者失去了再走下去的勇气。于是，决定当晚就住在草原上，整个下午也不做其他任何安排，就在草原上漫游——一直漫游。

　　此刻，这样的下午，我们都是草原漫游者。

　　整个下午，在草原上，我们这群来自天南海北的人，围坐着漫谈，有风吹过，有羊群和马匹从不远处吃草而过——我们互不打扰。我们是和平相处的草原子民。

　　望着脚下的草丛，也难免会想起昭苏即将在九月底到来的漫长冬季。岛崎藤村就曾经在文章中说，人被漫长的严冬封锁着，哪怕看到路旁的杂草也感到亲切。在昭苏，我深有体会。当春天的第一片嫩芽破土而出时，我觉得应该有一场盛大的仪式用来昭示：冬天已经过去，春天来了。

　　草原上的漫游和漫谈，不免会让人想起多年前，算起来有十多年前高中时代读过的金庸小说里写到的风陵渡口的那样的夜晚，郭襄第一次听说杨过的事迹，一颗种子开始生根发芽。想象就是如此天马行空，昭苏的草原就是如此任性，如此适合天马行空，谁让这里是天马的故乡呢。

　　在这样的下午，风中的草原，草原上的风，让我知道风是养不住的。草原的一切即便暂时能养住，也不归我也不归你，它们终究是牛羊的。可是，隐约中，风带来一阵阵冬不拉琴声。当我们再次凝视不远处的油菜花海时，在地头不知什么时候，草原女阿肯阿依波塔从毡房拿出了自己的冬不拉，弹了起来，伴随的是轻声的吟唱。她一边弹着冬不拉，一边跟我们闲聊，从她语焉不详的话里，我们知道，她的父亲在三年前去世了，母亲带着她和弟弟相依为命……

　　听着阿依波塔的琴声和吟唱，忍不住就想起了一直在看的哈萨克族主题的电影《鲜花》，电影里的平民女阿肯古丽比克和正在弹唱的阿依波塔是如此相像——草原上所有的女阿肯都是"鲜花"。

晚上我们就住在阿依波塔家空余的毡房里——此前的四年，我未曾住过的地方。来昭苏的次数越多，我发现未住过的地方变得越来越多。我感觉我对昭苏没有以前那么熟悉了。

草原黄昏长，炊烟日月短。炊烟升起时，黄昏也就跟着来了。

为了看阿合奇草原上的星空，晚饭还没吃完我就跑了出来，一个人漫步在毡房周围，抬头望天，一种辽阔扑面而来，白天的油菜花已经隐入夜色中，我就静静地站在暮色中，听毡房里传出的言语。

很快，冬不拉弹了起来，歌声跟着传了出来。我又听到了熟悉的《吐汗解尔》，歌是用哈萨克语唱的。我曾经在生活昭苏高原时，多少次酒到酣处，歌声必然响起，这首《吐汗解尔》必不可少，翻译成汉语的歌词也慢慢熟记在心了："谁不爱自己的故乡/给予孩子正确的教导/我的故乡，哺育我的热土/你的怀抱让孩儿温暖/啊……/我的故乡，哺育我的热土/你的怀抱让孩儿温暖/谁不爱养育我的故乡——母亲/你的秀丽让我如此欣慰和感叹/宽广的草原碧蓝的蓝天/让我激起了无比的灵感/啊……啊/宽广的草原碧蓝的蓝天/让我激起了无比的灵感/鱼儿在你的河里自由地游动/展翅的雄鹰游荡在你广阔的天空/飞到哪里，是我永远的栖息/是我永远的故乡/啊……啊/飞到哪里，是我永远的栖息/是我永远的故乡。"

歌手在颂唱故乡时，总是最让人感动。

伴着歌声，又吃到了平锅羊肉，记忆中的味道还在唇齿间流淌。平锅羊肉一上来，满桌都要沸腾，都要举杯——满杯喝完。据说，喝伊力老窖，吃平锅羊肉，是在昭苏草原最美的享受。

因为平锅羊肉，每次都要多喝几杯。因为草原，因为毡房，因为奶茶，还因为《黑走马》的乐曲，不多喝几杯都走不出毡房。这是对偶然发现平锅羊肉做法的牧民的一种敬意。

也许，是在一个初夏，牧草刚刚开始丰美。牧民们从冬窝子迁徙出来，一路上带着毡子、平底锅，做饭烧奶茶就用沿途干了的羊粪。路程走了一大半了，奶茶喝了好几壶，馕也吃了不在少数，想吃烤肉了。没有烤肉架子，没有炭火，没有扦子，就一切从简吧。把切好的大块羊肉随手撂到平底锅，撒上孜然、盐巴等。盖上锅盖，为了熟得快一点，在锅底用羊粪烤着，锅盖上也放了厚厚的一层羊粪点燃，上下文火共烤之。这是慢工出细活的过程。好在在草原，最富裕的就是时间了。肉在锅里烤着，放牧的人找一块平坦的地方，垫上垫子大睡一觉。等醒来，羊粪也基本灭了，肉也熟了。

这一夜，我们都生活在月色的梦中，夜色苍茫。夜间的露水，打湿衣襟，让赶路的我们更显匆忙 —— 我起得比往常早得太多。

晨光中的草原，安静得听得见马群啃草的声音，乌鸦扇动翅膀的声音。抬眼望去，有马群、羊群、油菜花群、各色野花群、牛羊马群、鸦群，却无无人群。用手机随手拍了几张照片，顺眼看了下时间，还不到七点一刻。我知道，我们终将要离开。

可是，我为什么要离开呢？

伊犁河谷：八百里景观长廊

  第一次目睹伊犁河的真容，是在一个大雾朦胧的冬日。一场罕见的大雪刚过，我从居住地乘3路公交车直奔伊犁河畔。站在伊犁河大桥上俯瞰，水面空气的能见度很低，只见一小股河水安静地在桥下流淌——让我惊讶的是，冬日伊犁河的水是那样文静，文静得像一位待嫁的闺秀。那一次，伊犁河带给我的是朦胧美。然而，初来乍到的我看到的只是伊犁河的某个侧影，完整的伊犁河绝非涓涓细流，她是拥有众多支流的长河，长度甚至超过了许多外流区的大河。西去的河水一直奔流到哈萨克斯坦境内的巴尔喀什湖，才停住了步伐。

  因为自小生长在皖中，即使到了新疆多年，我仍对故土不能释怀。在伊犁河畔待久了，才慢慢发现：这里的村镇、草原、农田等都由河水串联、浸润着，在被遗忘的喀赞其老街里，竟还保留着边疆罕有的"小桥流水人家"。至此，长久以来的思乡病渐渐痊愈了。不过让我感到惭愧的是：在伊犁待了十多年，竟没有一次到河谷中深入考察过。为弥补遗憾，两年前的一个夏天，我终于有了时间来实施憧憬已久的计划：沿河谷的每条河道慢慢行走，细细观赏其间的一草一木、一牛一羊。

  我和几位朋友从伊宁市出发向东北行驶，先是进入伊犁河的支流喀什河流域，迎接我的是唐布拉草原和漫山红花；转头向东南方，顺势进入一山之隔的巩乃斯河流域，河岸排列着那拉提草原、野果林、杏花沟；继续往西翻过特克斯达坂进入特克斯河，库尔德宁云杉像绿色屏风，喀拉峻草原似五彩绸缎，昭苏草原下成了金黄的花海。我为自己的迟来后悔不已：原来，完整的伊犁河谷并非一道抽象的峡谷——它是由干流河谷和3条主要的大支流喀什河、巩乃斯河、特克斯河共同组成的河谷群，每一道沟谷里，都隐藏着常人难以想象的精彩。

地图上的景区往往被标为一个个小点。当我沿河畔行走时才发现，这里的景观用点来描绘是极不科学的，因为两岸步步是景，是排成线、抱成团、连成片的景观带。那一刻，我脑海里来回浮现的是一条彩色长廊——但它又不是一般的走廊，而是长达八百里的巨型长廊。从地形图上俯瞰，走廊轮廓大致是一个等腰三角形——两翼凸起的山脉像长廊的墙壁，凹陷的谷地是走廊的厅堂；那院墙之上爬满了不同层次的植被，厅堂里则摆满了五彩缤纷的盆景。智慧的造物主用魔法般的双手塑造了这条长廊，在新疆甚至全国，这里称得上是独一无二的观景胜地。

名著《三国演义》开篇即说："话说天下大势，分久必合，合久必分。"发源于天山北支依连哈比尔尕山（古称为：额林哈毕尔噶）的喀什河，用"分久必合，合久必分"形容再恰当不过了。由于源头取自冰雪融水，因季节变化，水量并不稳定，所以或急或缓，时而分支，时而汇合，形成了典型的辫状河道——喀什河是伊犁河最北的一级支流，干流基本是平直的，与天山并驾齐驱而行。

在喀什河上游，我们首先去的是尼勒克县的山地草场。夏季，人们多是为天山红花而来。天山红花又名虞美人、莱丽，学名罂粟，伊犁的哈萨克人称为"柯孜嘎勒达克"，即"自由的、不断迁徙的花"，正遂了它们的天性。红花生于山坡或平地草原上，一般五月中旬开放，花期只有短短半月，但常常会突然早开或迟开，稍不留意便错过了观赏佳期。有时候，天山红花就像是喀什河畔的隐士，一直被人求索，却常常将人拒之门外。

能否看到天山红花，也要看机缘是否巧合。拿今年来说，为了去看一场红花，我提前3周就制订日程，这不是说看红花要讲究排场，其实是因为今年气候偏冷，天山红花对气温变化尤其敏感，"脾气"也会反常。五月份，"害羞"的它们只零零星星地开了几簇，很多人提前几日赶到喀什河畔，只为目睹"隐士"风采，却不想乘兴而来，败兴而归。

早几年的五月，我陪一批外地作家去看天山红花，运气相当不错。我们早早地从伊宁出发，赶往尼勒克县木斯乡。前夜一场雨过后，旷野的红花开得正好，远道而来的客人们大饱眼福。除了这天山红花，还要看唐布拉草原一带最令人叫绝的森林、草原、急流、山石的景观组合。"唐布拉"是哈萨克语，为"印章"之意，名字源于山谷东侧一块很像玉玺印章的巨大岩石。二十世纪六十年代，反映哈萨克族生活的电影《天山红花》即拍摄于此。沿着喀什河的走向，唐布拉草原绵延近百里，被文人墨客赞为"百里画廊"。沿着山谷行走，常常是"柳暗花明又一村"：葱茏的次生林、险峻的峡谷激流、林立的山间怪石、花草缤纷的碧野……随着山势起伏，几种景观往往交替出现，令人目不暇接。那些花木草丛中，还隐藏着许多远古时代的天山岩画。

喀什河的众多色彩中，最吸引我的还是那种纯粹、明亮的绿——绿得大气磅礴，绿得无拘无束，绿得没有边界。山坡的褶皱让这天然的草场变得层次分明，草场硬是被那些沟壑分成了诸多小块。等到下山的时候，你还会发现：除了大红大绿大紫，各种各样淡色的野花，兀自开放在荒野。哪怕是在狭小的空间里，喀什河畔的生命也在演绎别样的精彩。

　　伊犁河三大支流中，巩乃斯河是最短的一条，全长只有258千米。巩乃斯河发源于阿吾拉勒山和依连哈比尔尕山的界点处，跟喀什河发源地仅有一岭之隔。巩乃斯原意为"朝阳的山坡"——没有比这个词更贴切的了。阿吾拉勒山南坡与巩乃斯河大致平行，河水紧贴山脚。正午，阳光照下来，略有弯曲的河水变成了一条白色丝带。因为阳光的特别眷顾，"朝阳山坡"上的鲜花、牧草、树丛、牧民都是朝气蓬勃的。

　　作为伊犁河母亲最小的孩子，巩乃斯河集万千宠爱于一身。儿时与伊犁河一起长大的孩子——喀什河、特克斯河早已长大结婚，孕育了多座县城。此时，伊犁河流经的伊宁、霍城，喀什河畔的尼勒克，特克斯河畔的昭苏、特克斯，充满了无尽的喧闹。好在，母亲河的后花园中，巩乃斯河依旧安静如初（巩乃斯流域唯一的县城新源被其支流穿过），依旧享受着无忧无虑的年少时光。

　　巩乃斯河上游，"空中草原"那拉提之美，早已为人所熟知，无须多加赘言。我更想赞美的是近些年渐为人知的野果林和杏花沟——最初，隐在深谷的它们是被徒步爱好者"发现"的。巩乃斯河上游河谷又深又窄又陡，并被天山怀抱其中——这种条件下，河谷里很容易形成"逆温带"，这才孕育出最喜逆温的天然果林。我跟着一支徒步队伍走进了位于新源县阿勒玛勒乡的野果林中。多年来，我曾自诩看遍了伊犁各地美景，不过来到野果林中，还是一下子呆住了，不知道该将目光落在何处——枝头果实或红彤彤，或绿莹莹，或黄灿灿，有的已经熟透，有的稍显青涩，有的在向人招手，有的则害羞低头。

　　作为地名的"阿力麻里"，翻译过来就是"苹果"——这足以确定，此地很早就以苹果闻名。对于那些野果种类，除了野苹果，我穷尽知识认出了野核桃、野樱桃、野蔷薇、树莓、醋栗、欧洲李、沙棘；更多的果树，我是无法叫出名字的。所以，真后悔没带上一本《新疆植物志》之类的书籍，以便对照着说出它们的名字。果林之美并非尽在树木本身，树下密集的一地野花比外围的牧草还要密集。选一个阳光灿烂的午后，我喜欢站在高丘上远眺，绿的、红的、白的、黄的、蓝的、紫的，花团锦簇，让人怀疑这根本就不是果林或草地，而是一个巨大的颜料生产基地，这里看起来分明被多彩的油料浸染过。

从野果林出来，沿河谷走上一段距离就能进入吐尔根乡的杏花沟。那天碰上了阴天，天色幽暗，周围并不嘈杂，反而送来了一路清静。在苍莽的杏树林中漫步，头顶杏花开得正艳。走了一截路，我在僻静一角找了棵大树席地而坐，读起随身携带的小书。突然间，林中刮起了一阵不小的风，卷起了昨夜落下的残花。还没回过神来，只见花瓣簌簌而下，一场预谋已久的"杏花雨"仿佛是专为我们呈现的。摊开的书页，很快被零散的花瓣遮住。我赶紧合上书，和朋友们一同欣赏起这稍纵即逝的杏花雨来……

近些年，特克斯县的众多景区火得一塌糊涂，但养育它的母亲河——特克斯河却一直静静流淌，无关周围的喧嚣。我已记不清有多少回从河畔经过，却未能真正亲近它。今年七八月间出行时，我终于有机会仔细触摸河流的身躯。我和朋友们一起沿河而上，去找寻白虎山区科布村的雅丹石林。抵达河畔，正赶上夏季涨水，乳白色的浪涛一改往日的沉静状态，形成了激流旋涡。随手扔下一块一两斤重的石头，没有丝毫声响——正应了那句"静水流深"。

如果说巩乃斯河是未出阁的少女，那特克斯河就是健硕的成年男子。相比巩乃斯河畔的平坦，这里有更多的深谷峡壑。翻过几道沟壑，我们望见了正雄性大发的特克斯河。这个时候，一位牧民赶着牛羊走来，竟然生生蹚过特克斯河。我不禁为他担心：这么深的河水，羊群怎能安全过去呢？只见牛羊们一个个排好队，井然有序地走进水里，河里顿时有了一座牛羊搭成的"浮桥"。眼看河水就要淹没它们，只剩下了头和脊背。我踌躇间，不想它们已经"漂"到了对岸。等牛羊过去后，主人最后一个过河。原来，经过多年相依相守，河水和它的子民已是熟悉的朋友，心中早已达成了无尽的默契。

新晋世界自然遗产天山的代表——库尔德宁沟谷，也是特克斯河的景观带之一。与伊犁多数垂直于山体的"竖沟"不同，库尔德宁沟谷跟天山山脉的脊线几乎是平行的，而"库尔德宁"原意就是"横沟"。库尔德宁沟谷像一尊透明的玻璃容器，盛满了清澈冰凉的溪水，并养育了这里最具特色的雪岭云杉。视野所及，这里除了云杉还是云杉，连附近整座山的表层泥土也是云杉枝叶腐烂而成。上山途中，我看到许多没有完全腐烂的粗大枝干，正经受风雨洗礼，等着有一天化作春泥——库尔德宁的云杉寿命多在百年以上，其死亡也是遵从自然规律的。走出林地几里远，高大的树冠挡着天空、遮着阳光，将斑驳的碎影印在路面上。

以特克斯县城为起点向上游行走六十公里，就到了夏塔古道所在的昭苏县。当神州大地一轮又一轮的油菜花表演落幕后，七月初的特克斯河畔，大约百万亩的油菜花，汪洋恣肆地绽放在天光云影之间——位于东经81度线附近的昭苏草原，是我国最西端的大规模油菜花海。微风过处，"黄色的海浪"此起彼伏，众多菜花早已超脱个体，融为黄色的汪洋。晴空如洗的天气里，蓝色的天际、澄澈的雪山、荡漾的花海交相辉映，是这个季节特克斯河流域最惊艳的画卷——蓝色，是透彻的蓝；白色，是澄净的白；黄色，是纯粹的黄。

走出花海，即将回头时，当地朋友向我们极力推荐了一处隐僻的峡谷。特克斯河的支流夏特河峡谷。很多人知道夏特古道，却未必知道这条小河及河畔的小镇。朋友说，河畔的夏特是古驿站，也是一座别具风情的小镇。离开伊犁多年后，作家张承志仍旧对这里念念不忘："我会写很多关于夏台（夏塔，笔者注）的回忆。我还会争取画出夏台的美色。最终目标是——在将来，在可能性赐予我身的时候，我一定要在夏台盖一栋自己的小房子。"

那一次，我们徒步误入一条小路穷尽处，几排木质的小房子，里面飘出的奶疙瘩和奶茶的香气，在雨天闻起来尤其幽香深远。夏塔，清代文献称它为"沙图阿满图"。在蒙古语中，"沙图阿满图"是"梯道口"之意，今日"夏特"即由"沙图"转音而来。流经夏特柯尔克孜族乡的夏特河，这个季节的水势一点不亚于干流特克斯河。那乳白色的水流，犹如一桶桶牛奶倒入河道，奔流不息。有经验的向导告诉我，特克斯河水系上游源头多白色山石，常年风化作用加上冲刷粉碎，将河水也染成了白色。夏塔地处特克斯上游的偏僻峡谷，极少遭到人为破坏。路旁山峰壁峭叠翠，鬼斧神工；进入峡口，更是林木葱翠。随着山势不同，景色也不断切换，仿佛有一只无形大手在幕后操纵。

一路行来，一路惊叹：看来大自然真是偏爱这个地方，这么狭窄的沟谷，却被赐予了这么多美景；甚至为了不让外界伤害它，刻意将其安放在人迹罕至的地方。

如果将伊犁河谷视为聚宝盆，那塞外小城伊宁就是安放其中的一颗炫目宝石。春天，遥远的天尽头是闪着银光的雪山，山下铺展着毛毯般的草原，草原上随风起舞的是红白相间的虞美人花。夏日，白杨林外、清水渠上，那紫色波浪翻滚、散发浓郁芬芳的是梦幻般的薰衣草。秋季，马路街边、院墙之外，晨光里随风摇曳的是或浅黄或深紫的簇簇秋菊。

除了寒冬的两三个月，它几乎一直被鲜花的幽香所萦绕。

早就闻知伊宁号称"塞外花城"。然而，我初到这里时，朋友说此处有四怪，其中之一便是"花城无花"。原来，所谓"无花"，是说城市大街看不到太多的花，那么花究竟在哪儿呢？因为职业的关系，我后来经常去居民家中采访，那寻常巷陌和农家小院中，一簇一簇，一盆一盆，几乎遍地开花。

在伊宁，绿树掩映着户户庭院，多元风格的建筑浑然一体，每户人家靠街有一个门楼，架着一座小桥，两旁流淌一渠清泉，流水穿行在两排白杨中间，灌溉着白杨和庭院。庭院里种着果树、鲜花，有刺玫、海棠、芍药、玫瑰、一串红、鸡冠花、大丽花、美人蕉、波斯菊、天竺葵、夹竹桃。凡我所到之处，没有一个地方不种花。原来，这"花城"之花，并不喜欢招摇过市，而是扎根于寻常巷陌。知名作家铁凝来到伊宁时曾说："我被伊犁的美醉晕了。"来到伊宁的人是有福的，生活在伊宁的人更是有福的。是的，他们身处遍开鲜花之地，即使醉晕了也是幸福的模样。

除了芳草鲜美、鲜花盛开，流经伊宁的伊犁河干流是由白杨连起的绿色长廊。此地白杨棵棵笔直，几乎没有多余枝丫，与一般的杨树枝蔓伸展的姿势大不相同；它们似乎只知道向上，再向上，顺着血液延伸的方向，一直触到云端。在这里，是树，就笔直耸入云端；是花，就扎根角落；是河，就清澈恣肆……伊犁河的性格是干净利落、豁达直爽的，它所孕育的城不仅是人的城，更是让世间万物各有所属的城。

如果来到伊犁河畔，我一定还要推荐您去看看伊宁老城——南市区喀赞其，去看看那些由伊犁河造就的小桥、流水、人家。古朴的民居散发着泥土和木屑的香气，似乎是从历史深处而来。又深又长的巷子，经常走不到底，来往的赶车马夫看着漫无目的的路人，总会停车示意是否搭乘。当我报以歉意的微笑后，吆喝着的车夫扬长而去，留下阵阵马蹄声……

走过伊宁大街小巷，累了就在白杨树下歇息，饿了就吃一块本地特色的馕。假若你有足够兴趣向师傅们请教，他们一定会和盘托出、不厌其烦地向你讲述特色小吃的做法。曾有位来过伊宁的作家写道："在伊宁长大的孩子没见过海，可伊宁人却有大海一样的心胸。生在伊宁，即使在外面看到再动人的美景，人都不会太过震撼。伊宁人眼中看到的美景太多，对美的欣赏力起点太高，因此绝不会随便对一处景色迷醉……"

随手记

鸦换班

近日重读《大地上的事情》，苇岸在第六十五则中记下了他遇到的一次寒鸦与秃鼻乌鸦的混群迁徙，并且记在了当日的日记中："惊奇地发现小山周围的树上有许多颈部及胸、腹部呈灰白色的寒鸦，和通体辉黑、泛着金属光泽的秃鼻乌鸦。"

《大地上的事情》曾经读过几遍，对此节却全无印象。忆起前几日，本地学者李耕耘发给我的关于伊犁鸦换班的笔记："伊犁白头鸦十月从南路飞来。乌鸦飞去。二月乌鸦北来。白头鸦南去，谓之换班。"这则《鸦换班》载于清人笔记中。我的老乡、安徽人方士淦在《伊江杂诗》中也曾写到过鸦换班之事："有鸟能知气，飞从两地分。冬来同白雪，春至似乌云。星月还栖树，风霜自乐群。防边依圣世，真不愧鸦军。"诗人还专门有注："十月白鸦自南路飞来，乌鸦换去。春二月亦然，名曰换班。"

方士淦的《伊江杂诗》写在前，《鸦换班》的笔记在后。方士淦是到过伊犁的，想来，诗中所写，莫非是他当年所见？而且还专门郑重地记在了他的《东归日记》中。

关于伊犁的诸多著述中，关于鸦换班之记录，也许仅此而已。后人

要么没有眼福，无从见到；要么见到而未做记录？都是猜测而已。

豌豆尖

　　成天都在愁吃什么。

　　去逛菜市场，熙熙攘攘，烟火气息让人感觉边城还是有些人气的。

　　看着豌豆尖新鲜翠嫩，一下子就有了食欲。冬日菜贵，少称了点。我在新疆也曾见过种豌豆的，还是在昭苏高原见到的。

　　今年豌豆尖正嫩绿时，我回了一趟几千里外的老家。已经好几年没回过了，赶在春天回去的时候就更少，已经忘记老家春天的样子了。好在此次回去，多待了几日，可以缓慢地找回曾经的记忆。

　　村人喜欢在路边种豌豆，就种在离房子不远的地方，所以春天走路，常常路边一路都是种得整齐的豌豆。以前，还有许多人家在田埂边种上几畦豆子，豌豆、毛豆、蚕豆……种瓜点豆，都是那时留下的印象，现在的孩子大概所见不多。

　　现在的田埂荒草丛生，难以下脚。这是亲眼所见的。

　　在家的那段日子，雨水真多，有一些连续下了六七天。所见豌豆尖，叶上存着落下的雨滴，用晶莹剔透来形容真是再适合不过。

　　昨夜看《郑板桥书画集》，他曾经好像写过"一庭春雨瓢儿菜"的句子。想起曾经从豌豆苗旁走过。走在春雨里路过豌豆地，真是满眼春雨豌豆尖。豌豆尖大概也有不少人画过。

冬日阳光

今天的阳光真好。彻夜的雪后，蓝得让人想出去走走——去菜市场。

走在无人走过的雪地上，看着阳光照射，记起家中书架上有两本同名的书，周涛的《冬日阳光》和约翰·巴勒斯的《冬日阳光》，用此书名来形容今日真是再妥帖不过。从菜市场回来，给阳台上的花浇水，几盆长寿花大约是快到花期，都在陆续绽开，花瓣的颜色已见分晓，白色的，黄色的，红色的。现在的生活空间，不断地被花草和书挤占，却也乐在其中，真是奇怪。玛丽·奥斯汀说得好："每一种生活方式对于那些活在其中的人来说都有着与众不同的味道。"

天空的蓝，映在雪地。雪也显得蓝了。有一种颜色叫雪青色，有雪蓝色吗？生活在新疆的哈萨克族作家朱马拜·比拉勒有一个短篇小说，就叫《蓝雪》。雪蓝，蓝雪，生活在草原上的人应该是经常可以看到的。生活在冬牧场的牧民，生活在冬窝子的牧民，只要是晴天，大雪出门就是蓝雪，抬头就是蓝天。我曾经在这样的地方生活过，离开后发现，能看见蓝天的地方，都是好地方。

也许是误打误撞

在词语的密林，我们有太多选择。也常常别无选择，仅有的路，适合你的横撇竖捺，属于你的横撇竖捺，总在睡着的时候接近你的身体，与思想无关。我们即将抓住的，醒来发现是在隔靴搔痒。

那些预备的词句，蓄谋已久地想要顺流而下，只是今年雨水太少，未能汇聚成一条河，哪怕一条小溪流也没在草原上出现过。过往的草根，跟着风越走越远；森林越来越稀疏，密林深处，只待曾经的探险家深入。

彻夜不眠之人，试图捕捉漏网之词。星星自闪烁，有一段时间，我自己沉醉在安房直子的童话里，和苹果树交流。也会站在伊犁的白杨树下，看万家灯火，然后和星星说话，它会降落人间，指点我走在分叉的花园小径。当下午的阳光渐渐退去时，天就一如往常地暗下来，然后就到了晚上。

夜里的事

夜里看书的间隙，拉开窗帘看看外面，缓解缓解眼睛疲劳，不想夜空中星星满天。此时正是隆冬，窗边有凉气袭来。我裹了裹衣服，看着星星，真是忽略它们太久了。

曾经有几年，不分冬夏地加班。夜里回来，万家灯火都熄灭了，就着手机屏幕的光，走在小镇的路上，没有路灯，对星光就格外敏感和注意。小镇在高寒地区，交通也不算方便，没有工业，更谈不上污染。白天，天常常蓝得不像话，蓝得吓人。而到了晚上，则是繁星满天，夏秋自不必说，冬春无雪的夜里也时有星星相伴。也许是海拔较高的缘故，望着星星，感觉距离如此之近，仿佛踮踮脚就能摘下几颗。夸张一点说，触手即可摘得满天星。

——想想，这已经是几年前的生活了。

凌晨四点的街道，空旷而安静。清白的灯光照彻绿化带的雪地。街上无人无车，这种状态持续了至少一个半小时。五点半以后，慢慢有车了，多是出租车，车里会有人吗？都是哪些夜归晨出的人在坐车？

我坐在夜班的值班室看着稀稀拉拉的车过去。坐久了，站起来活动活动，开窗 —— 冷风灌进来，人一下清醒了。身边放着的是打发时间的读物《醒世恒言》。开门在走廊随便走走，门前的忍冬木被近半个冬天的雪打落得所剩不多了。仅存的忍冬果，依旧鲜红。我在灯光下，灯光在我之上。

大雪的下午

这样大雪的下午，围炉清谈是好的。围炉闲读也是好的。现在的生活里，火炉早已隐去，好在北方有暖气。暖气取代火炉后，许多生活也被取代。于是便坐在窗前看落雪。雪落得真急，风也不小，斜飘着的雪，让我无端地觉得室外应该安静得很。半小时里，我未见一个人一辆车经过，这也是好的。在城市一角的这个新小区，年刚过完，出门的人还没来得及回来，傍晚以后的灯光也比往日少了许多，这是好的，说明他们都回家了，空着的房子只是临时栖居之所；住得再久，也是要回家的。

安静是极好的。当世界只剩下落雪和翻书的声音。然而这终究和世界是不相配的。世上还有许多"不相配的东西"，《枕草子》中就写了一段，其中也有与雪脱不了干系的："穷老百姓家里下了雪，又月光照进那里，都是不相配的，很可惋惜的。"

紧接着就满屋找《枕草子》，想看看更多的"不相配"，从书房的书架翻到卧室的书架，不知藏在哪个角落了，倒是把《源氏物语》《徒然草》翻出来了。雪还是在下，想读的书找不到；亦是不相配的。还有一种不相配，是德富芦花说的，"积雪沉沉，压弯了树枝。不知什么树折断了，传来两三次清脆的响声"。

清脆的响声也是静的，之后更是漫长的静，一直持续到雪止。

立春以后

听到铲雪声，才知昨夜又下了雪。昨夜我值班，在狭长的过道里看着一门之隔的街巷，偶有人车往来，路灯下看得清如白昼。临睡前的一点钟，一场持久的雪还在酝酿。

待到睡醒，推开办公室窗户看，好大的风里下着好大的雪。

昨日立春，恰巧在翻德富芦花，有一篇《立春》。更巧的是，在书中，《立春》的后一篇就是《雪日》，写于立春之后十二日，即二月十六日。今年立春却是二月三日，据说这样的时候并不多见，我也未曾留意过，至少前三十年是这样。去年立春是二月四日，有诗为证：

《二月四日》

我终于开始迫不及待

今夜过后所有的将不同

此刻的夜色里

会有许多人走在路上

齐声说出：春天，春天

嘴唇的蠕动堪比

一场雪融的惊心动魄

这是去年立春日写的。

今年的二月四日，下了整日的雪，一层层的雪落在雪上。我走在雪里，经过了许多只有我一个人走过的雪地才到家。

二月十五日的雪

晨起，天昏黄欲雪。至窗前，原来雪早先已经在下了。原本快融尽的雪，又增加了许多高度。

晨起一看，满天满地都是雪。

"午前，细雪纷纷霏霏；午后，鹅毛大雪飘飘扬扬，从早到晚，下个不停。"

出小区，每走一步，雪必没至鞋帮，往常边走边玩手机的人都不见了。

好多人低头在认真地走，帽檐上有水滴。以前五分钟的路，今日走了八分钟。公交站台挤满了人，车还不来。

还没来得及发芽的树在雪中，愈发显得黑。这是水墨画。浓墨，黑得分明；净雪，白得清爽。

走在雪里。落在头上的雪会很快化成水，顺着头发浸润至脖子，冰凉冰凉的。毕竟是春天了，仅仅只是觉得凉。毕竟是春天了，雪落在哪里都化得快。

窗外，在下雪。室内，我背靠暖气片翻书。

有一年，立春后十二日，即二月十六日，日本有雪，德富芦花写下《雪天》，后收入《自然与人生》中。书出版于1900年，时德富芦花三十二岁。

近一百二十年后，立春十二日后的二月十五日，新疆伊犁"尽日都是霏霏蒙蒙的，天地被大雪埋没了，人被风雪封锁了，纷纷扬扬地迎来了黑夜"。

黑夜里，三十二岁的毕亮作《二月十五日的雪》，记一场预谋许久的雪。

被惊醒的雨声

这是春分以来的第二场雨。下得噼里啪啦，在夜里，听得真清楚。被雨声惊醒，看床头的手机，一点四十一分。睡意被雨水冲散，人却像是徜徉在雨中，索性起来听雨。

虽还是初春，室内暖气停了已有时日。小区里，路灯还没灭，光在雨水里，也显得清冷；光看着这些，该以为是深秋。再看，草坪刚开始泛绿，湿润得很。前天才绽开的杏花桃花，在雨中照旧卓然而立，树下未见有落花，想来光有雨没有风。花瓣还粘在树上，在这一场雨后，叶子也快长出来了吧。那时候，真是一天一个模样，当真树别三日要刮目相看的。

一同长高的应该还有郁金香和荠荠菜。郁金香，在这座生活了十年的边城，真是到处都能见到，从大街到小巷，甚至庭院和阳台，到了四月都有郁金香在开。这是郁金香的季节，也是郁金香的雨。去年这个季节，正在内地，没来得及生活在初春的伊犁，回来时已经快入夏了，也没吃到荠荠菜。往年，都要焯好水后备一些放冰箱包饺子。今年该不会错过的。

雨的密集，是一条线，靠近路灯处尤其如此。书架上曾经有一本知堂的《雨天的书》，现在怎么也找不到，倒是翻出了《风雨谈》，也没有心思看，还放在原处。依着书架听雨声，睡意还没来。

被雨惊醒，站在窗前看雨落，记下这些句子，时两点三十七分，雨还在落。

下午六点钟的云

下午六点钟，出门去走走。最近连续上了十几日的班，以后也少有这么闲适的午后了。毕竟是立春后多日，有风吹在脸上也是轻的，不像一个月前，风吹过如同被扇巴掌。

从昭苏离开后，对云的关注减了许多兴趣。但今日之云，如鱼鳞。真想躺在草坪上，和云对视。只是想想而已，十多年前放牛时经常如此。而现在，雪还未化完，不然，还真可以放肆一回。

眼前是云，脑子里还是刚刚看的东坡尺牍。早上还没来呢，内地的朋友发来十几幅东坡尺牍。起来后，在电脑上看、在手机看，都觉得少了味道，就打印出来看吧。

尺牍上，字那么少，印章那么多，朱文、白文，方的、长的、圆的，如同现在景区到处都是"到此一游"。

撇开印章再看，真好。印章其实是撇不开的，看起来也好。《新岁展庆帖》《渡海帖》《一夜帖》《北游帖》《人来得书帖》《覆盆子帖》《归安丘园帖》……我还想列下去，就像天上的云，鱼鳞一样排列着。看尺牍，看的是字，看的更是人情味，满溢了千年还能深陷其中。我看云，看的也是人情味。

家里有一盆一帆风顺，放在小卧室，时间久了忘记浇水，等想起时，已经蔫得萎靡不振，仿佛就要枯萎。睡前，将它浇了个透。第二天早上起来看，又都焕发了生机。下午六点出门前，我又一次给它浇了水。这也是一种人情味吧。

门前草木

花草

看周华诚的《草木滋味》，有一篇《紫云英》，看描述，越看越像我老家为了肥田而种的花草。翻找微信朋友圈，发现了几张2016年3月26日在外公他们村里拍的花草照片。当时便有人指出那是紫云英，只是我未注意。

前些年，花草种得多，在尚嫩时，大多割了喂猪，可以省下些粮食。也不是专门去割，从田畈里顺手搂一筐花草放竹箩里带回来。或顺手搂几把，往鸡舍里一扔就不管了，任大鸡小鸡乱啄。

印象中，没吃过清炒花草，或者其他什么做法的花草。花草正嫩绿的季节，家里也是不缺蔬菜的。家常青菜都尽有，吃不完的还都扔到猪圈里让猪也改善伙食。

很多年没有在春天回过老家了，几乎都忘了花草。本村的田都荒在野里，偶有几亩地还种上庄稼，用的也多是现成的化肥，谁也懒得为了沤肥而去种花草了。倒是在外公他们村庄，还偶有几畦田里种着花草，那时花开正盛，连种了大半辈子田的父亲都感到新鲜，他也没想到还会有人家种花草。准备掐些花草头回去做菜，终因花草面积太小、又开始泛老而作罢。掐的一小把也没舍得扔，带回去让几只鸡享了口福。

在一个雨后，我专门跑到花草田里拍了几张花草的照片，顺手发到了微信朋友圈。十几日后，外公久病而走。他的遗体在送往殡仪馆的路上，也经过了我曾拍照的花草田。

现在，在新疆的雪夜，故乡早已春暖花欲开。草木又春，只是人已逝。

桑树

桑树常见。我说的常见，是指在我的家乡安徽和我生活的新疆都很常见。在新疆，南疆北疆，到处都有。分布得如此之广的植物，反正我是见得不多的。

桑树在著名的丝绸之路上的作用肯定不可小觑，这个话题太大，我说不来。我只会说说细枝末节，我生活中的细枝末节。

在老家，我家屋后的院子里还有一株桑树。怎么就长了一棵树，谁会注意这样的小事呢。就那么自然地长着，突然就立在眼前，感觉像是昨夜冒出来的，不由得人不注意。桑树长在院子里，院子里养着些鸡鹅之类的家禽。当桑树还小的时候，低矮的桑树上正嫩的桑叶就成了家禽的食物，真是伸嘴即食。那棵桑树就艰难地存活着，一点一点地长，终于长到鸡鹅叨不到的高度。后来，开始挂桑葚了。"桑葚"在我们的方言中，叫"桑帽子"。我喜欢这个叫法，桑帽子，桑树的帽子吗？

我吃过那棵树上的桑帽子吗？记不得了。

我在新疆吃桑帽子吃得多。

从家到单位有十里路，我常步行上班。十里路的沿途，有四里的路边植有桑树作景观树。不知是树种问题还是早年修剪过,这些桑树多长得不高,枝繁叶茂,一棵桑树如一把遮阳伞。桑帽子成熟的季节,走在路上,触手可摘,伸嘴亦可吃到。

在伊宁这座把果树种在大街小巷的边城,有不少街巷两边长着桑树,长着海棠果、苹果树。也许,这和维吾尔族人喜欢在门前植桑树的传统有关。

我在和田见到的桑树真多。在和田的加依村,我见到了成片的桑树,桑树成林。加依村的乐器真多,加依村的乐器制造师真多,无论在哪里遇到的都能做出一两件传统乐器。在加依村,做乐器,多用桑木。加依村的桑树真多。

也是在和田,我才意识到桑树浑身是宝。桑叶自不必说,这在苏杭大地用得更多。桑木除了做乐器,用途亦广。甚至桑皮,在和田还可做成桑皮纸。现在,和田人还依旧沿袭用最古老的手艺做桑皮纸。

据说桑叶可做茶,泡水喝,有清热解渴之效,我还未喝过。

又记:十年前,桑葚正熟时,我在库尔勒的一个乡村实习。囊中羞涩,周围也不见几个饭馆,常有饥饿感。好在半下午下班后,便无所事事。几日后寻到村中有一小片桑树林,就常拎着本书,在桑树下打发光阴。待吃桑帽子吃到半饱时,也到了饭点。就着开始吃干馕,终于过去了一日。

枇杷

家门口那棵枇杷树该要开花了。

去年春天回家待了三十多天,见到了正开的枇杷花,也见到落下的枇杷花。我长久地偏居新疆一隅，见得不多，识得更不广，此为第一次见枇杷花开花落。我回新疆时，枇杷已挂果。

青翠的枇杷在树上。那段时间雨多，雨中的枇杷叶和果愈加显得青翠。读汪曾祺，见有"枇杷晚翠"之句，在此景之下，真是喜欢得不得了。后来，翻字帖，始知这是《千字文》里的。我现在操持文字行当，常觉基础不牢，终将行不远。在枇杷晚翠之中，更显得无知得厉害。

枇杷入画多。曾见汪惠仁先生画过一幅，是在朋友圈里看到的，画无题字。像是信手而就，但意在画内，意也在画外，看了就让人喜欢，便保存在手机里。打动我的还有他随图发在朋友圈的句子："有人说在雨中在自家院子里摘枇杷。"

郑板桥曾以枇杷叶入药治咳嗽，他大概也是画过枇杷的。他的老乡金农晚年好画枇杷，七十多岁了，还常手痒画几幅，不知是不是也嘴馋贪吃。手机里存着的一幅是他七十三岁的作品，他画画好题记，他的题记多是好文章。手机里存的《枇杷图》题记是："宋，勾龙爽工写山枇杷，用淡墨点染为艺林神品。昔年游京师，过王少空宅，见之相传真定相国旧物，上有梁氏'平生第一秘玩'图记。近闻已归之豪。右矣，予追想风格，画于僧寮。垂枝累累，晚翠如沐，恍坐洞庭，五月凉也。己卯三月廿七日七十三翁金农记。"

门前的枇杷结得真是垂枝累累。我回新疆是四月下旬，数日后，哥哥发了一条朋友圈，图中有一张枇杷树。黄黄的枇杷满枝，八岁的侄子正在树下摘吃枇杷。当年枇杷树种下时，大概只有他现在这么高。

我是远行之人，没此口福。眼福偶尔会遇到。那年入秋前，有几日在苏州过的。苏州多枇杷树，只是季节不对，我来时空有树耳。走在街上，偶遇一片叶子，随手捡着夹在书里作书签。

"你是否愿意和我一起去乡下，种植枇杷、桃子、稻米和苦瓜。"记不清这是谁写的，看时就随手记在了手机便签里。这样的乡村生活，现在很得城里人羡慕。也仅只是羡慕罢了，真要去过这样的生活，多半会狼狈而归。

"我永远不知道，酒在他喉间泼洒的滋味／院中生病的枇杷树，／在雨水中，洗亮了枝叶"，这是妻子写的。

在雨中，枇杷叶越洗越翠，枇杷越洗越青，枇杷是在雨里长大的。是不是天一晴，就会被阳光涂抹一层黄色，然后由硬而软。枇杷熟了。

蝎子草

我还住在团场的时候，见过很多蝎子草，这是我在家乡未见或者未注意过的，以至第一次见时，差点用手去抓叶子，被紧急叫住而没遭殃。

团场在昭苏高原，蝎子草真多。草原上有，河边有，田间地头，甚至住的新建还没来得及绿化的小区楼下也都是，真是出门可见。

蝎子草蜇人，牛羊是无视的，照吃不误。河坝、水渠边、草原上常见到的蝎子草，嫩叶嫩枝多被牲畜吃过，然后又长出新的枝叶，一茬茬地长。在不经意间，蝎子草的蔓延速度惊人。

蝎子草的嫩尖是极其美味的，至少可以和豌豆尖媲美，甚至比豌豆尖还要好吃。好吃在不容易吃到，好吃在季节性，好吃在纯野生，不像现在一年到头都可吃到豌豆尖。

择蝎子草要戴皮手套，剪下嫩头，洗净后开水焯过，凉拌，是道喝酒的好菜，好在家常。君子之交，一碟凉菜几杯酒，喝完回家继续回味，回味完睡觉，睡觉做美梦，梦里还有凉拌蝎子草。

　　不知如汪曾祺拌菠菜那样来拌蝎子草，味道会如何？还没试过。但美味是可以想象到的，汪老来过伊犁，应该无此口福，不然他肯定要写到文章里的。

　　蝎子草常见，却不常吃，也常有人不识其面目。接待过很多来团的客人，尤其是从内地来的客人，多不识蝎子草，于是便常有本地陪同人员逗他们要亲近自然，应该和草原植物零距离接触一次，还真有伸手的。当然，后来被拉住了。

　　我被蝎子草蜇过，看在它是道好菜的份上，我原谅了它。

　　有人识蝎子草而不识荨麻草，有人识荨麻草而不识蝎子草。也有人知道，蝎子草就是荨麻草，荨麻草就是蝎子草。

杨树

　　杨树（以及柳树）插枝可活。因为易活，便随处可见，不堪大用。在村人眼里，算是比较贱的树木，以前就任其长着，枝枝丫丫都砍下来当柴火烧了，枝干越长越大。近年来，有人开着农运车走村串乡，收购木材，杨树像是被重新发现，都倒在电锯之下，余下根系，第二年春天，又发出许多枝条，任由它们长吧。杨树真贱，命也真硬，怎么样都能活。沙漠里都能活，而且活得那么久，沙漠里的是胡杨。

　　出门在外十几年，跑的地方不算少，常可见到杨树。杨树大概到处都有，虽各有稍不同。所以我走在哪里，也都想不到杨树，也常将它们忽略。偶尔想起，最先记得的是杨辣子。杨辣子是趴在杨树叶上的毛毛虫，色如杨叶，很易被人忽视。一旦碰到，便痒痛。我在新疆未见过这东西，但对这种痒痛记得真切。直至二十年后想起，还觉得痒痛残留在身体深处，不定什么时间冒出来。

杨辣子，这个名真是贴切。就像是杨树上的辣子，突然冒出来辣你一下。其实不然，这也是我最近才知道的，它应该是叫痒辣子。还有叫洋辣子的。这样叫，有什么道理呢？

我还是习惯叫杨辣子。听起来像个姑娘的名字。姑娘姓杨，名辣子。这应该是个泼辣的姑娘。在我们那里，将蛮横、不讲理、惹不得的女子，叫辣子。于是，有毕辣子、刘辣子、王辣子、琚辣子，当然也有杨辣子。

覆盆子

阴雨天，在办公室无事，又懒得看书，便读帖。前几日友人推荐了苏东坡尺牍。这位老祖宗，我辈是远远赶不上了，十八般武艺，样样精得要命。随手写个便条，流传几百年后读到，从座椅上惊起。我们现在写得最多的是一百四十字的微博，写的是朋友圈里的人情往来，到底几许是真情，几许是假意，大概也不会流传几年。

一百四十字，在未有白话文以前，在更早的明清以前，算是"中长篇"了。古人不知忙不忙，反正没心情看长文，哪怕关系再好的朋友来信，也是三两句，事情说完就行，东拉西扯那么多干吗？"奉橘三百枚，霜未降，未可多得。"——王羲之的十二个字流传了数十个一百二十年。

三十岁以后，我的文章越写越短，更不喜看长文了。所以读帖，读到苏东坡的《覆盆子帖》，我就站起来诵读了两遍："覆盆子甚烦采寄，感作之至。令子一相访，值出未见，当令人呼见之也。季常先生一书，并信物一小角，请送达。轼白。"

我原来以为覆盆子就是我乡被叫作蛇梦子的东西，现在也很常见。

后来发现不是的，它们长得都挺像。

我曾经以为团场常见的长在草丛里的"酸豆"就是覆盆子，其实不是。

覆盆子就是覆盆子，不是其他的什么。其实，十几岁以前，覆盆子我是常见的。只是不知那就是覆盆子，后来对着图片看，真熟悉。因为熟悉，也就常忽视，到了季节，想吃时，吃几颗。更多的时候，它自生自灭。

这样的覆盆子值得寄送吗？东坡居士的朋友圈里都是雅人。

刺牙子

和蝎子草一样常见的扎人的植物还有刺牙子。

刺牙子，牛羊偶尔吃一点，但为它们所不喜，自然也就被牧民厌恶。草原上遇到了，还小时，牛羊吃得剩下的，也就顺手拔了。若是大的，或踩断，手中如有铁锨等，也就随手挖掉。这东西繁殖能力强，由一棵到一片，之后会更多，一片草原也就离重播草籽不远了。

防畜沟、田头水渠，常长有刺牙子，本地人见怪不怪，任其长，只要不长到地里就行。长在该它们长的地方，还可以阻止牲畜进地里糟蹋庄稼。

这么看，刺牙子还有它好的一面，它也有它存在的价值。我的宿舍在四楼，楼后原本就是条田，准备开发盖房，堆满了建筑垃圾。我去的时候，正式夏秋之际，长满了刺牙子。我在这里住了四年，走的时候，正是夏天，刺牙子依旧满地。往前更远一点，楼房林立。这像是楼房盖在刺牙子丛中，而不是刺牙子见缝插针地长。

有一年植树季，全团职工大会战，种的那片杨树林子可真大。第二年夏天再去看，呵，好家伙，树与树间，杂草没多少，都是刺牙子。它们是怎么长出的呀？于是都除去了。不能让它们汲取了本该属于杨树的水分和养分。我们在高原种树搞绿化，成本很高，扛过了夏秋的旱，还要扛过近半年的冬天，如此两三年不死，种下的树才算活了。

刺牙子的花开得还挺好看。刺牙子可以长得挺大，足有一人高。刺牙子可入药，所以也有勤快人设法割了铺在水泥路边，晒干了收起来。

刺牙子是当地人的叫法。许多植物书上也叫大蓟，这么说，可能知道的人就多些。

茅栗子

以前，我们那里人家，很少有种茅栗子的。茅栗子树多野生，自然生长，也不知是哪里的一阵风刮来种子落地生根，长成了一棵树，然后越来越多，再多就要被砍了。村里，偶尔也会有几株长在人迹罕至的地方——它们是被人忽略中长大的。

只是，在农村，除了急需打家具或稀见的果木树外，又有谁会去注意一棵树的成长呢。待长到很大了，偶尔路过，看见也就看见了，也不会有谁去多管多想。茅栗子熟透了落下，也不会砸到头上，因少有人从树下走过。

有一天，一群孩童拿着竹篙子到了树下。一阵猛敲，茅栗子大雨一样落得精光。挑大的捡完，孩童们又跑到稻床上玩去了。

这是近二十年前的往事。

大雪这天，雨下了一夜。我在新疆的家里，卧床读汪曾祺，雨声大的时候正看到《橡栗》，在汪先生家乡橡栗被叫作茅栗子。这真是每读汪曾祺都有所得。比如茅栗子树，以前读就未曾留意。这东西，汪先生说在他家乡不多见，然而在吾乡实在不算少。连叫法也一样，都是茅栗子。

玩法除了汪先生说的"插进半截火柴棍，成了一个捻捻转"外，还在皮上挖一个烟嘴粗的小孔，将里面掏空，在侧面插一小截竹棍，当烟斗玩。从大人烟盒里偷一两根烟，轮流抽，一个个呛得眼泪直流。这也是近二十年前的事。

我觉得茅栗子就应该叫茅栗子。和杨辣子一样，茅栗子也像是人名，男孩姓茅，名栗子，听起来就像是江湖人物，比金庸小说里的茅十八好听得多。

我们那里，有一种打人方式，叫吃茅栗子。我从小没少吃。

荸荠

荸荠在我家乡被叫作土栗子，三十多年来我也是一直这么叫的。土里长出的栗子，还挺形象。那时，我还不知它的学名，它在植物书的名字和样子，离我们还很远。看书时，看到荸荠也曾猜测是什么，也未做深想。鲁迅的《祝福》里有"桌上放着一个荸荠式的圆篮"之句，顺手拿来做比喻的，想必绍兴也是常见的，在鲁迅的记忆里也想必很深刻。《祝福》是课文里学过的，十几年前也还背过。那时真是稀里糊涂地背，从来没想过，"荸荠式"到底是怎样的。近日重看《祝福》，独对这句难忘。

此时，在老家那边该正是吃荸荠的时候。如不是去年此时回去吃了不少，我都快忘记什么季节荸荠上市了。现在的蔬菜让我们颠倒了季节，日子过得稀里糊涂、一塌糊涂。

我喜欢生吃荸荠，土腥味还没散尽；洗净后，一咬，清脆声从齿间传出，这是春天的声音。我不喜欢吃煮荸荠，但肯定有许多人喜欢吃，归有光大概归于此列。读他的《寒花葬志》，有"一日，天寒，爇火煮荸荠熟。婢削之盈瓯。予入自外，取食之，婢持去，不与。魏孺人笑之"之句。

荸荠入文处很多，入画我见得不多。记不得在哪里看过一页《卖焐熟荸荠》，这幅画很简单，题画上的句子当时便抄了下来："焐熟荸荠热而甜，一串一串竹片扦，心爱不妨买两串，只费几个钱，我闻荸荠生者可剋铜，一经焐熟便无无功，可知物性贵生辣，做事生辣将毋同。"画的是百年前上海滩的摊贩，可见当时卖焐熟荸荠是很家常的，是三百六十行中的一行。

我还在锅笼里烤过荸荠，荸荠被埋在柴灰下，熟得很快，口感也不是我喜欢的。这是以前，放在现在再吃，肯定会吃不少。

炒荸荠在许多地方（这个地方自然是出产荸荠的）是一道很平常的菜。但我们家好像很少当菜端上桌，多是当零嘴，洗净放在网丝笊里，置放在厨房或堂屋，随吃随拿。从田里挖得多了，也成笊地洗净摊在簸箕上，就放在廊檐下阴干，可以吃很久。阴过几天的荸荠表皮开始瘪了，但内中雪白的瓤真是甜得腻人，这时候的荸荠皮，轻轻一撕就能揭掉，一口一个，吃得肚饱。

伊犁有些地方种得出水稻，大米的口感还很好，不知可不可以种荸荠？

桃树

年轻时，无心看桃花开，更不会注意桃花落。睡醒后，桃子似乎是一夜之间就长熟的。

年长后，无心看桃花开，整天忙得不可开交。伊犁也多桃花，看桃花开，成了城里人在旅游。

伊犁春来晚，桃树也多植在路边，是景观树。伊犁的景观树还有海棠树、桑树、苹果树。我有一个摄影家朋友，记录每年小城里第一朵桃花绽开的时间。去年第一朵花开是三月八日。今年，因为前几天一场整日的雪，花开可能会晚几天。我在等着他的记录。

去年桃花正开时，我匆忙地奔回了老家。外公家门前有桃树数株，结的桃子，口感都很好，我以前吃过。其中一棵观赏桃，新植才几年，我未见。当时花开得正艳，花瓣也大得厉害。那段时间多雨，雨中桃花，分外妖艳。只是，坐在廊檐之人，均无心欣赏。

某夜，一夜风雨，观赏桃的花落了大半，泥地上一层粉红，都是桃花瓣。一上午人来人往，都踩进了泥里。

不到一月，外公在一场雨后，被埋进了土里。

竹笋

家人每年腊月都要寄些咸货腊货干货过来，咸鱼咸肉香肠是不可少的，还有干菜心和干春笋。

春笋，我会吃不会做。炖鸡炖排骨时，常泡几片干笋放进去。这么吃也无不可，自己高兴就行。干笋还有许多好吃的做法，我都一概不会，只有想美食而兴叹。

多年以前，我还常望着家门前一大片竹林而兴叹。那时正是假装多愁善感的年纪，喜欢看废名的《竹林的故事》。近二十年过去，废名的书还在看，门前的竹园也还在。

竹子长得真快。家门前的一大片，每年都要砍掉不少，第二年又是一大片。竹子真多，都长进了郑板桥的画里。竹子的繁殖力强，竹笋就多。吃春笋的季节，口福每天都有。

初春，春笋长得真是快。一天一个个头，不过几天，就长成一大截了。要吃竹笋，就得抓紧挖，过几天就老得不好吃了。冬笋也是好吃的，只是我们那里吃得少，谁会破土去挖一棵深埋于土里的笋子呢？它们应该长出来看看世界的样子。

少年时，经常被派到竹园去捡自然脱落的竹笋皮，用来做布鞋。主要是用来放在鞋帮子里吧？好多年前的事了，都快忘得干干净净。现在想穿一双手工做的布鞋，真不容易。

伊犁无竹无笋。清朝时就有流放来此的诗人想吃而不得。近读清朝西域诗，见庄肇奎的《伊犁纪事二十首》中就有记录，诗曰："春水穿沙到麦田，野花初试草连阡。沿渠抽满新蒲笋，带得长镵不用钱。"庄肇奎还在诗后自注："伊犁不产笋，惟蒲根颇鲜嫩可食，名曰蒲笋。"

以蒲笋替代竹笋而食，也是不得已而为之。我已多年未吃过新鲜的春笋了。前几日，在小区的菜市场见有鲜笋卖，就买了几个吃，回家一剥，都是皮。剩下的笋肉，也寡淡得难吃，全无乡野之味。再不想买第二回。

菜薹

在菜市场买菜，见一不知名青菜，长了一点点菜薹，我欣喜得很，便买了一大提环袋回来。挑拣出菜薹，和家里寄来的腊肉一起炒。这顿，我多吃了大半碗米饭。

伊犁人基本不吃菜薹，所以菜市场也不见卖；无需求，便无供应。想吃，要么自己种，要么忍着。

这个季节，在老家，菜薹正多，菜园里都是的，甚至田埂边都是。那是撒菜籽时漏下来的几粒，顽强地活着，和不远处园子里一畦一畦的菜，并无二致。

春天的菜薹，择嫩的吃。老的就撇回来，一箩一箩地倒进猪圈或鸡舍。这个时候的牲畜，口福也都不浅。

菜薹吃法多样，怎么吃都好吃，即便只是油盐素炒，也是可口的。做汤饭时可放，煮粥时可放，炒肉时可放……时令菜蔬，在属于他们的季节，占有不可替代的一席之地。

夹竹桃

从早到晚，下了整日的雨。早上还是忍不住步行上班，五公里路程，走得已经熟悉得不能再熟悉。然而，即便再熟悉，也还常有细微的变化。有些变化我一眼就注意上了，有些变化却视若无睹，听着音乐专心往前走。

雨还不是那么大，我穿着冲锋衣，未撑雨伞，走得不紧不慢。春日的好，在于绿意满眼。走至一家餐厅门前，稍停了片刻。餐厅大门两边各置放了四五盆夹竹桃，细数则是一边四盆，一边六盆。也许，店主只是根据空间大小随意放置，却吸引了我。

夹竹桃的花，还未开。叶子在细雨中绿得新鲜。昨天早上路径时，还没见呢。这些夹竹桃的花儿，我是见过的，去年里有大半年时间，它们都放在门口，早上经过时，常见的是一个男子用水管浇水，顺带着喷洒树叶。其时多是夏天，伊犁是干燥少雨的。

本地居民庭院里多植草木，即便没有庭院的人家，也尽可能多生活在绿树鲜花中。城镇化进程中，不少人搬进楼房，走在小区里一眼望过去，窗台、阳台上，必然多花木。

路上遇到的十棵夹竹桃，用花盆养着，花盆的直径总该有五六十公分。在伊犁，这些夹竹桃不算小了。初始，我以为夹竹桃就是长在花盆里的。当然，把夹竹桃当成盆栽植物，这是我的孤陋寡闻。

去年八月，走了一趟江南。从南京往苏州走，奔驰在高速公路，路边时有花色入眼，白的、红的、粉的，一闪而过。同行眼尖者认出了是夹竹桃。我再细看，这些南方的夹竹桃长得足可浓荫蔽天。

夹竹桃也是可以长成参天大树的。

青苔

伊犁的春天真是奇葩，雪一化完，露出的草都是鲜绿的，仿佛是雪将它们保存了一冬。一同绿的还有苔藓。过了几天，绿草开始枯萎，迅速地变黄，等待春天重返绿的家园。而苔藓依旧绿着，直到连续的晴日干燥后，失去新鲜。

苔藓是城里人的叫法。在我们乡下，她被称作青苔。伊犁多青苔，说明伊犁水多，湿润。这里还能种水稻，也一直在种水稻，这是许多外地人所不知的。汪曾祺在伊犁逗留时，"使我惊喜的是河边长满我所熟悉的水乡的植物。芦苇，蒲草"。惊喜的汪曾祺还被伊犁的蚊子咬过，"新疆很多地方没有蚊子，伊犁有蚊子，因为伊犁水多。水多是好事，咬两下也值得。自来新疆，我才深切地体会到水对于人的生活的重要性"。

伊犁有青苔处甚多，只是季节性分明，一年中也就那些时日。不比真的水乡。

时隔五年，去年三月回乡，春雨不停。眼中所见，多是一庭春雨豌豆尖，一庭春雨竹笋破土，一庭春雨紫云英，后来还有一庭春雨豌豆花，一庭春雨青苔绿。一地青苔，走在路上滑滑的，走不好就要摔一跤，摔得四脚朝天。地是湿软的，摔了也不会太痛。仿写汪曾祺先生之句：有青苔，因为水多，水多是好事，摔两下也值得。

伊犁不是江南。伊犁也生青苔。

香菜

我是什么时候开始吃香菜的呢？

想不起了，怎么也想不起来。之前的我，是见香菜避而远之的，甚至都闻不得香菜的味儿，某道菜里有香菜，我是不伸筷子的。二十几岁之前都是如此。那么，开始吃香菜时，已近三十岁了。都而立之年了，是该尝尝以前未尝过的酸甜苦辣。

有一年集中看贾平凹，记住了他有一个爱吃芫荽（香菜）的三婶："她在院子里种了大片芫荽，每一顿饭，她掐几片芫荽叶子切碎了搅在饭碗里。我们总闻不惯芫荽的怪气味，还是说香椿好，香椿炒鸡蛋是世上最好的吃食。"

香椿炒鸡蛋真是上好的吃食，我吃过，可以为证。香菜炒鸡蛋，也是很好吃的，我曾吃过，偶尔还做过几回。

某次参加笔会，在饭馆吃饭，有道炒鸡蛋，夹了一筷子，吃出异味，以为是什么野菜炒的，因彼时正是吃野菜的季节，又满桌不少野菜，后问服务员，答曰："香菜炒鸡蛋"。用长得大的香菜炒的，于是满桌再无人光顾，便宜了我，一人把剩下的都吃了，还多喝了两杯酒。

小区有菜市场，卖菜者几十家，独一家生意火爆，常是这家菜摊前在排队，别家却无一人，只有干瞪眼的份。买过几次菜后发现，生意好的原因起码有二：买菜算钱时，零头的毛毛钱摊主基本都不收，次次如此，很少有其他商贩可做到的；另外的原因，和香菜有关，买菜者临走时，这家菜摊主人多不忘随手抓一把香菜塞进买菜者的塑料袋——免费的。遇到菜价贵时，这一把香菜也要一两块钱的，可卖菜者照送不误；遇到香菜送完了，以小葱替之。次次如此，很少有其他商贩能舍得的。一回生，二回熟，买菜的人都成了老主顾。

中原人冯杰有文写道："像芫荽、荆芥、苏叶、薄荷这些异类草木，气质异样，特立独行，在草木之伍里那么不合群，都可划入明末遗老的范围。芫荽在《中国伊朗编》中叫'胡荽'，其实就是香菜。在香菜的那么多名字中，我偏爱香菜之名，形象贴切，如臭豆腐，是臭是香？香菜亦如是，吃起来，是香是臭，不足为外人道也。如明末遗老，滋味不能言说。"

苍耳

　　午休时翻书，看了鲁敏的一个访谈。访谈中，她以苍耳来打了个个人与时代关系的比方："我觉得人就是挂在时代巨躯上的一只只苍耳，任何时代都是这样。时代行走跳跃，苍耳们也就随之摇晃、前行，也不排除在加速或转弯时，有少许被震落下来，永远停留在小道上……我所理解的文学，是以苍耳为主要聚集点，因为苍耳就是我们人类自己啊，它柔软，有刺，有汁，有疼痛与生死枯荣。"

　　鲁敏以苍耳为喻，引起了我的兴趣；她谈到的许多深意，我反而不想去细究了。鲁敏是江苏人，可常见到苍耳，或许在谈到她的思想时，苍耳就被信手拈来，能被作为喻体的，多半是心中熟悉的常见之物。在我的家乡，苍耳也很多，只是不叫苍耳，"苍耳"是普通话，我们日常是说方言的，于是"苍耳"成了"黏骨蛇"。

　　多年里在新疆未见此物，以为这边没有呢。有一年，行走湟渠沿线，在新疆第一次见到苍耳。当时，有同行人见此物，忍不住绕道而走，怕被黏在身上，然后说出了"苍耳"之名。我走近看——这不是我小时候常见的黏骨蛇吗？然后拍下发了条朋友圈，却引起了不少的关注，评论者多说的是苍耳在各地的叫法，真是五花八门，让我大长见识。回来后翻《伊犁珍稀特有野生植物》，想找找"苍耳"这个条目，结果当然是失望的。如此看来，苍耳在伊犁，不属于珍稀特有植物。以前未见过，更多可能是我未曾留意。

　　至此，我才将"黏骨蛇"和苍耳画上了等号。此时，离开家乡已十几年。方言也如脚步一样渐行渐远，古诗里"乡音未改鬓毛衰"，在如今的长久远行中日渐稀少了。"乡音"往往都留在身后，偶尔回望。

　　我所见苍耳，都是长刺的。朋友圈里有以前单位的同事，其中不少是从事农业推广和开发的，据他们讲，苍耳还有无刺的，可惜至今未见过。而有刺的苍耳传到伊犁，也是近几年的事，最先就是在伊犁的伊宁县发现的。而我在行走湟渠见到苍耳的地方正是伊宁县境内。苍耳一在伊犁落地生根，迅速长到了各地。农业专家对此做过跟踪调查，得出的结论是在伊犁河谷，苍耳已经站住了脚跟，逐步侵入各类庄稼的领地。如今，苍耳已经是他们重点防范的危害植物之一了。

　　去年单位包村，由原来的一个城中社区换到了城郊城乡接合部的城中村，村民多是附近的失地农民，四散着到处打工。而我以及我的同事们，每个月都要去住五六天、十几天不等。最初就是在村委会围墙外见到了几株苍耳，还感到很新奇——原来这里也有苍耳。后来待得久了，也就见怪不怪，因为村中到处都是，小巷边、树丛外围……甚至住的人家院中也都有见过。有一天晚饭后，绕着村子外延散步，有百十米的一截路边，长满了苍耳，走在路边都有一股子药味冲鼻。这些苍耳长着的地方，在几年前或者十多年前，长着的是苞谷、果树或者其他什么作物。失去土地的农民，对于曾经赖以生存的土地上长的是什么，已经渐渐无暇关注。

　　我们村里，形容一个人难缠，就说"像黏骨蛇一样"。在鲁敏的访谈中，她紧接着又强调道："我觉得，苍耳本身才是文学最为之魂牵魄动的部分，况且苍耳从来都不是挂在虚空中或无缘无故、孤零零的一枚，哪怕就是它从巨躯身上掉落下来了，依然有它掉落的姿势与原因。"此时，我想到的是黏骨蛇。如果可以替换，我更愿意将本段中的"苍耳"全部替换为"黏骨蛇"，这在 Word 文档中是很便捷的。少时嬉闹，偷偷往谁的身上扔几枚苍耳是常有的，许多人到晚上睡觉时才发现，第二天开始

"回赠"，尤其秋冬时毛衣一黏上，真是甩都甩不掉。

如今，文学这枚苍耳，或者说是黏骨蛇，被我自己黏在了身上，甩也甩不掉。

年少时，谁没放过牛

今年夏天的伊犁，热得出奇，哪里都不想去，就窝在家里看书，杂乱无章地看。看《儒林外史》时已经是七月底了。因为作者是安徽乡贤，不免也会多生出几许感触。刚刚看了开头，看到少年王冕放牛时看书、作画，记忆就从书页中跑了出来。

年少时，我在桐城老家也放过牛，尤其夏天的暑假，最烦的除了暑假作业就是放牛了，烦了七八年之久。十五六年之后的现在想起来，反而有了不同的感觉。

说是讨厌放牛，其实也是偶尔如此。在乡村，放牛算是很轻松的农活了。一边放牛，一边干其他农活，诸如插田、拔秧的大有人在。我放牛的时候也做其他的事，但基本都是玩。

村里池塘不少，有池塘就有塘埂，塘埂两边的草都长得非常好，很适合放牛。许多时候，池塘里的水并不会很多，水草就长得疯了，牛也喜欢吃这样的草。

我放牛时，就喜欢找这样的池塘，牛绳拉得长长的，在塘埂中央钉一个木桩，把牛绳系上，牛就在以木桩为圆心、以绳长为半径的圆圈内吃草，渴了就到池塘里喝水。

这个圆，经过牛半下午的啃吃，和其他地方比，就很分明地可以看出来。

　　一头牛把圆圈内的草吃完，需要不短的时间。这个时间，就是我们的了，有时候也看书，暑假快结束时，就用这个时间来补作业。说是补，更多的是抄，从同学那里借来做好的，猛抄一通。更多的人用这个时间钓鱼，在就近的池塘里，边留意着牛吃草，边钓鱼。我从小就没有耐心，所以钓鱼收获很少，倒是有一年，屋后的池塘里，不知哪里来了那么多鲫鱼，鱼钩放下去就有鱼。那个暑假我钓到的鲫鱼，至今都是最多的。傍晚，一手拎着鱼桶，一手牵着牛，晃晃悠悠地回家，晚饭还能大吃一顿红烧鲫鱼，喝一碗鲫鱼汤。晚上做梦，梦里都是鱼。

　　除了钓鱼，我们还钓龙虾，用虾笼装龙虾，用篾笼装黄鳝。还有人钓黄鳝，这是技术活，我至今都没学会。

　　那些年的龙虾真好钓，虾笼从水草荫处取出来，一虾笼多的时候有一两斤龙虾，我现在很少吃龙虾，可能就是那时候吃得太多了。龙虾除了自己吃外，也送到镇上的菜市场、饭店去卖。一个暑假，收入倒也不少，这是放牛的副产品。后来有人就专门做起了龙虾生意。

　　放牛的时候，我们还打牌。三五个小伙伴一起放牛，各寻一处把牛打发了，它们吃它们的，我们在树荫下、草窝里玩我们的，斗地主、跑得快、争上游……扑克的各种打法，我们就是那时候学会的。

　　有时候，不想玩了，也睡觉。就躺在草地上，望着天空，正是嗜睡的年龄，很快就睡着了，许多时候家人寻来才被叫醒。

　　无论是钓鱼钓虾，还是打牌睡觉，都会有太投入忘了牛在吃草的时候。有时牛挣脱了桩子或者牛绳子断了，少不得要跑掉，跑到庄稼地里吃秧苗，吃山芋藤，后来村里有人种玉米了，还会吃玉米秆子。见到绿色，牛就都会蹭上去，啃几口。

要是吃了本村人的庄稼还好说，都是乡里乡亲的，抬头不见低头见，家里大人带着孩子去赔个礼道个歉就过去了。如果吃的是邻村的庄稼，就不好办了。遇到好说话的人家还好办，不然真够麻烦的，事后要买化肥，挑上几担大粪撒到庄稼地里，补过庄稼地里的肥料才罢了。

有时牛也会跑到隔壁村，别人关到牛栏里，于是一家人甚至邻居几家人吃饭的心思也没有了，到处找牛，找到了 —— 对不起，起码得拿一条红梅烟才能把牛牵回去。

这样的时候，回家暴揍一顿是免不掉的。

常在河边走哪有不湿鞋，牛放得多了，也有被牛角顶的时候。

上了高中，基本就没再放过牛了，家人秉承桐城"穷不丢书、富不丢猪"的传统，让我潜心课业。来到了新疆，回去的次数少了很多，每次回去也都忙于各种事，就更没放过牛了。

在新疆，第一次站在草原，看着牛羊马都放养在一望无际的大草原上，新奇得不得了。更新奇的是，很少能看到放牛养羊饲马的人，牲畜们就那么吃着，自由得很。就想着，我怎么就没生在这样的地方呢。后来住得时间长了，尤其经过雨水少的年头，牧草长不起来，我就又想起老家，半人高的草到处都是，这里的牛羊如果过去，大概都是膘肥体壮吧。

最近一次回乡，是前年，正是五月，满村已经见不到几头牛了，据说如今更少。现在的孩子毋宁说放牛，就是见到一头牛都新奇得不行。

开有荷花的土地

自小生活在安徽中部，虽不是水乡，却也山清水秀。村中的几方池塘且不说，就是村庄周围的池塘，也都是我们的乐园，钓鱼、洗澡、摘菱角、择菱角菜，还有挖藕。

有藕，就会有荷花。年少的心思，总不免与吃、玩有关。等到有一天，发现荷花之美时，已经是大小伙了，开始做着文学的梦，对周围的某些事物也开始敏感。每到周末就常夹着一本书跑到后山的塘埂上躺着看书。感觉到荷花存在时，我正读着丰子恺。

是的，时间过去十五六年，我对这个细节记得如此真切，许多时候都觉得是虚幻。

有一阵风吹过，我的眼睛还是盯着书页，嗅觉却不自觉地漫散开，有草腥味，还有其他的什么味，以前没闻过，或者没留意过；书就随手倒扣在地上，人就围着池塘转悠。吹皱一池春水，也是那时感受到的。——还有几朵正绽开的荷花，是荷花。去年，我还在这里挖过藕，更多的是待绽放的花苞，粉红的、淡红的……那些年，我还没读过汪曾祺，也没学到汪曾祺先生关于颜色的那么多描述。诗句"映日荷花别样红"是念过的，只是至今都不知别样红是哪样的红，就是日光映照下荷花的红吗？

往后，往这里跑得更勤了，如此这般见了三四年荷花的开与落。虽做着文学的梦，却也未曾写下过一行有关荷花的文字。

十九岁那年看过荷花后，连藕都没来得及挖一回就匆匆地坐上了西去的列车，经过四十多个小时到了新疆。

文学青年的十九岁，处处都是诗意的。西域大地，更是赋予了我无限想象，惜平日疏懒，没有记下零散的臆想，不然现在看起来肯定很有意思。所以说，在文学这条路上从一开始就注定不会有什么出息。文学青年，相对于西域之广袤，很快就会成为文学中年。

本以为西域干旱之地甚多，应该不会有荷花，哪知道到伊犁的第二年，有一次采访误入了荷花池，邂逅了一片连绵的荷花。当时正是微醺，漫步在没有方向的大地，没有惊起鸳鸯无数，却把我自己惊醒了：眼前一片是正盛开的荷花。

是的，荷花。

这是在察布查尔，一个可以在西域种水稻的地方，在新疆这些年吃的大米基本都产自这里。时间待得久了，发现除了这样的大片荷花池，在察布查尔，在伊犁，也偶尔会出现一小块荷花，或一两亩，或三两株，旁若无人地开着，也会引来不少相机镜头。

奇怪的是，曾借着做人文地理记者之便，走访了伊犁大半的角落和山水，每年或专程或偶遇的荷花，都是白色的，也有白色偏向嫩黄的，和故乡大地的别样红形成了别样的对比。

在伊犁，映日荷花别样白，是不错的，也别有韵味。

一晃，在这里已经待了十一年。如今，而立之年已过，才发现我一直生活在开有荷花的土地上。

火在雪中烧

下午下班时，走出办公楼大门，看不少同事拿着手机朝一个方向拍照。往常这个时候，在零下二十度的天气里，都缩手缩脚地驱步前行，巴不得早日到家，生活在暖气中。

顺着拍照的方向侧眼望去，只见一抹斜阳还没完全落下，残红映在雪地里，的确吸引人。我当然也不能免俗地拍了几张，发到微信朋友圈，引得众好友点赞和评论，有说是火烧云，有说像是火在雪中燃烧。

火在雪中燃烧，这么说的是一位内地的青年诗人，正在读现代文学方向的研究生。看他这么评论，再看拍的照片，果然有点像。诗人的眼力，与众不同。

来团场，已经度过四个冬季了，还是第一次见到这般景色。想来，居住多少年的"老军垦"，见到的也不会太多，不然也不至于大惊小怪齐拍照。

今年的雪，真是出奇地大。从开春到秋收，一直旱，旱得庄稼长不出来，旱得油菜花期比往常短了一大半，旱得麦子灌不了浆。新闻上说是六十年不遇的干旱来袭，靠天吃饭的昭苏高原垦区毫无对抗之力。麦子几近绝收，油菜产量锐减，草场荒芜，牲畜过冬草料严重不足……农工们面容惨淡，愁眉苦脸。

　　入冬以后，接连下了几场大雪，总算稍微冲掉了一些愁绪。今年的雪，是明年的希望。也许是物极必反，旱到极致后开始慢慢复原。复原从下雪开始。今年的雪，下得比往年要早，要频繁，每场雪还都不小，甚至还有几场暴雪。

　　面对一场又一场雪，即使再懒的人，再讨厌扫雪的人，也早早起来拿着推雪板，各人自扫门前雪了。而我们上班的人，每天早上上班、下午上班，好像第一件事总是扫雪。不用通知，进办公室第一件事就是拿出推雪板到各自的责任区，低头铲雪，没有抱怨，反而有些欣慰。一边扫雪，一边还嘀咕着，下大些吧，下雪就是下希望。

　　即便一场雪扫下来，腰酸背痛手发软，到下一场雪抵达之前，扫得干干净净。甚至有一次，下雪比我们扫雪来得快。前一晚，雪静静地下了一夜，早上上班路上一脚踩下去，淹没了鞋帮子，估摸着将近三十厘米厚了。像往常一样，一上班就扫开了。雪还没停，继续下着，可是等我们终于把一片区域扫完，回过头看清扫过的地方，早又落下了厚厚的一层。雪，已经堆得大半人高了。天气预报说，明天还有雪。

　　火在雪中燃烧，像笑脸一般灿烂，一场又一场雪带来的希望，会让他们明年的笑容灿烂一如此刻的风景吗？期待着。

趴在泥土里寻找春天

住在昭苏的那几年，格外期盼春天。只因冬天持续得太久，太冷，雪太多。

冬天的漫长让春天显得格外珍贵。珍贵的东西往往易逝，昭苏的春天也不例外。还没来得及享受春天带来的种种美好，我们已经生活在夏天了。春天走得悄无声息。

其实，春天来得隐秘，但也并非无迹可寻。"东风解冻，蛰虫始振，鱼上冰，獭祭鱼，鸿雁来。"这是《礼记》上说的，应当也是一种痕迹，只是我们在高原，未曾留意过。关于春天，我们看到的是另外的迹象。

有一天晚饭后，和同事闲逛作散步，看到泥土里有一小片若有若无的嫩黄，我们走近泥土趴在地上看，见是一片一片嫩嫩的芽尖在冒出来。那一刻的惊喜，现在都还记得清楚。我们在泥土里找到了春天，此时已近三月尾，昭苏高原的雪即将融尽。

苇岸曾有过这样的感觉："立春一过，看着旷野，有一种庄稼满地的幻觉。天空已经变蓝，踩在松动的土地上，感到肢体在伸张，血液在涌动。"看到小草发芽的时候，我记起了苇岸的句子。此时，夕阳在天边，染红了雪山；雪山就在不远处，仿佛我们抬脚可即。随着春天的到来，看向雪山的视线会越来越清晰，雪线也在慢慢往上走，直至七月油菜花开时，映照在草原和河水中。

春天来后没几天，我被派到一个畜牧业连队去督促春耕春播。这个季节，正是"天气下降，地气和同，草木萌动"之时，世代生活在垦区高原上的人开始耕地、播种了，种的主要是麦子和油菜。四月种下，九月十月收获，在我来之前，在我走之后，都如此，鲜有变化。

曾经以游牧为生、逐水草而居的哈萨克族人也开始种植庄稼。在我曾经生活的昭苏高原，他们在黑土地上种麦子播油菜，收成往往很对得起他们的付出。甚至有几年，他们亩产量超过了世代耕种的汉族邻居。

在连队图书室，我翻过一本哈萨克族人的诗选，看到了这样的诗句：

拖拉机是生活的大笔，

在大地上书写春天的诗句。

走过白纸一样的田野，

留下黑色的波浪起伏的字迹。

诗人所写，真是我正经历着的生活。看到就顺手抄在了当天的工作日志本上。说是工作日志，记的无外乎是每天的耕种进度，化肥、种子数量以及所用的劳务工人数和时间。

几年后，我离开了连队，离开了团场，看到刘亮程的散文《飞机配件门市部》，文章有一段写到春播检查，记起了曾经的连队生活，白天基本就在条田里，干的活儿跟刘亮程写到的差不多。我们督促耕种，盯着的重点是高标准农田的播种。高标准农田要求有树有路有渠。播种时，每启一行，在地的另一头都有人用树干高高举着一个化肥袋或者其他什么醒目颜色的东西，为的就是"把眼睛往远里看""盯着天边边上的云，直直开过去"，这样就播得直。如果我没有这一段生活经历，看刘亮程此段，或许会觉得是虚构。然而，现在看起来，刘亮程是如实地予以记录。

　　也是去了连队我才知道，远看嫩黄的一片，近看，只是零星露出几棵芽。这种假象，误导了人，更误导了牲畜，它们盯着嫩黄猛跑过去，到了跟前，嘴上啃到的都是土。刚开始我在连队生活时，还没注意过这些，某日和连队的兽医坐在地头聊天，他说起来的，第二年我再看，果真是这样。

　　感觉春耕春播还未结束，夏天就到了，我也回到原来的工作岗位，看着夏天从身边走过，开始了漫长的扫雪生活，继而期待着下一个春天。

秋色深

翻杂志，见冯骥才一幅画，是他十多年前的作品。此时看到，正是时候，或与画名有关：《秋色深几许》。

在伊犁，此时正是深秋，即将入冬，过几日该供暖了吧。随画一起的还有段文字，应该也是冯骥才之作："秋色已深，木叶转黄，斑驳地夹杂在这些屋宇与院落间，或隐或现，更显深幽。然而，村中年轻村民大多外出打工，留下老人照看孩子和老屋。村中静寂异常，鸡鸣多于人声，有些房屋久空无人，腐朽破败，多有侧塌。村民说，年年都会轰然一响，出现一所倾圮的老屋。这美丽又衰落的古村的前途将是什么？"

看画和文字时，我正在村里。杂志是从家中临走时塞进包里的，每天临睡前在昏黄灯下随手翻翻，多年养成的习惯走到哪里都不容易改掉。如王安忆所言，"没有可以进入视野的文字，就很苦恼，真的很苦恼，这是一种习惯"。她的这种习惯已经到了一种无文字不可度日的地步了：没有文字的话，就觉得惶惶不可终日，一定要找到阅读的东西才行。

白天，我们待在村民家，院中不时有黄叶落下，而我坐在葡萄架下的炕上，头顶的葡萄依旧碧翠，和葡萄的品种有关。前几日住过的人家院中也植有葡萄，颜色已经偏黄。葡萄无论翠绿，还是淡黄，都甜得腻人，不敢多吃，客居他家，也不好意思多吃。就让它们长在藤上，看着养眼。有时，一看就是小半天；在村中的漫长时光中，靠此度日。

这是个城中村，村庄所有的，在这里也都不缺；城市该有的，除了集中供暖外，这里貌似都有。甚至村里纵横阡陌的小巷，也都以某某路几巷来命名。"某某"有上海、重庆、天津、成都、西安。我在村中入住时，偶尔发朋友圈会说起诸如重庆南路6巷、天津南路7巷之类的住址，让刷朋友圈的友人误以为我浪荡在各大都市，好不潇洒。只是，终究是"误以为"，潇洒也是有的。

许多时候，晚饭后，天色还算早，大路小巷也都有路灯，就会和二三同事散步，漫无目的地走，或者沿着村子的外围走一圈半圈的。从去冬到今秋，把村子周围的路都走熟了，其中有数百米长的一截，野生着苍耳，我们在散步中见证着它们的成长。小苗长大，像是突然冒出来，苍耳就结出来，夏天的时候，看上去绿绿的，摸上去嫩嫩的，水分十足；待进了九十月，日渐黄起来，摸上去扎手……走在近旁，一股药味入鼻。

村中有几棵忍冬，长在每天去往村委会的路上，从开花到结果，我们都从忍冬旁走过。天正热的时候，忍冬果青翠，如小几号的绿葡萄。恰好那几日我们曾住过的一家，院中植有三架葡萄，满藤的葡萄粒，是忍冬果吗？进入秋天，忍冬果开始往红里长，秋越深，越发地红，它们甚至可以整个冬天地红，直至来年春天果实终于耗尽气力，黑而干瘪地落满地。

树上的叶子正黄，也在按部就班地往下落，十月十七日一早，一场雪让边城提前入冬。

因为今年近一半时间是在村中入户入住中度过的，至冷至热都是在村中感受的。热得彻夜不眠如在眼前，前两天住在未架火的农家客房，

冷得蜷缩一团，熬到天明；热夜寒夜，都如此漫长。

如今，人还走在村中巷道，雪就下起来了。不到半日，秋色将被白的雪覆盖。

风过后是雨

躺在床上听雨，属于秋天的雨，一直久等不来。等到来时，已经是深秋之夜。手边放着《夜雨秋灯录》，本想借着这个题目写一篇《秋雨夜灯录》。雨夜连题记都想好了，记在手机便签上："这组文章始写于秋雨之夜的灯下，故拟名《秋雨夜灯录》。"

然而放了许多天，直到第二场秋雨落下来，还终究在夜灯下未录一字，空留几字题记，只好作罢。听雨声滴落，适合天马行空地乱想——秋雨的声音和夏天的雨声、春天的雨声都不一样。秋雨声中有从容。

关于秋雨，前些年曾写过一篇《秋水》，毫无从容之感。秋雨的从容，是近两年才体会到的，这是年岁渐长的好处。少年听雨，壮年听雨，而今听雨，听到的到底不是一场雨，一个季节的雨呢，姑且一任阶前点滴到天明。到天明，雨该止了。

雨下了一夜，终未止。晨起听见雨声，看窗外，湿答答的，果然还在下雨。小区草坪里的草，像我此刻刚洗过的头发，湿、乱。近日忙乱得连理发的时间都没有，头发长，白头发便更明显，同事看着笑说是黑头发长在白发里。那时，我看着窗外的树，一片金黄中夹杂着几许绿色。如今，那绿色已经随了秋风秋雨远去。晚上值班时翻汪曾祺的书，有一篇《金大力》："金大力不变样，多少年都是那个样子。高大结实，沉默寡言。不，他也老了。他的头发已经有了几根白的了，虽然还不大显，墨里藏针。"汪曾祺如此结尾，秋雨中冷风一吹，愈加冷了。

上班公交上，近日几天坐在旁边座位的人都在用手机关注股票，不同的人在做着同一件事；这是以前没注意过的，也许一直都有。公交车上还有每天遇见的一对奶奶和孙子，奶奶送孙子去幼儿园，我们住在同一个小区，每天下的也是同一站，孙子活泼、好动、好奇，一路叽叽喳喳，说话声盖过了雨声。在雨中，我想记下这些瞬间的琐碎和美好。

也是在公交上，记起前几日在火车上看沈从文，他写槐化镇，就写到了雨，这是使人发愁的雨："雨之类，像爱哭的女人的眼泪，长年永是那么落，不断地落，却不见完。尤其是秋天同春末，使脾气极好的人，也常常因这种不合理的雨水落得发愁。"

今秋少雨，一场雨后，气温骤降，雪大概不远了。

秋雨寒夜。单位附近的一个小饭馆，看着菜单不知吃什么。待看到农家饭一栏，不知这是什么样的饭，请维吾尔族同事形容，他解释了半天，以为就是汤面条，但又觉得不像，便点了一份，端上来才发现，根本就不是汤面条那回事。另一个坐我对面的同事，看我吃得真香，想吃得很；直到第二天，她去吃了一碗才算解了馋。饭中吃到的食材主要有：比馄饨皮还要薄的宽面片、牛肉（炖得真烂）、鹰嘴豆、小红枣（两个）、香菜、小葱、胡萝卜、恰玛菇……

吃过了农家饭，还是翻汪曾祺，他在《星期天》里写："下雨天，雨点落在铁皮顶上，乒乒乓乓，很好听。听着雨声，我往往会想起一些很遥远的往事。但是我又很清楚地知道：我现在在上海。雨已经停了，分明听到一声：'白糖莲芯粥——！'阅读到此，我分明也听到了一声："农家饭——"

日常生活的琐碎，如风如雨，在身边的各个角落。

村庄的早晨属于声音

开展驻入户工作，夜宿农家，晨不到七点即醒，记下声音若干：

公鸡打鸣声。公鸡打鸣，此起彼伏。先一只，后一群。白天入户串巷时，没发现还养着这么多鸡。

鸽子咕咕声。村里养鸽子的人家不少于养鸡者。好多人家在院中都有鸽舍。或置于一楼平房的房顶，进门即可见，和院中一盆盆花一起给人留下的印象是深刻的。

其他鸟鸣声。曾经住过一家，院子里有一颗苍天杏树，整个院子都在阴凉中。树上有鸟窝若干，鸟群若干，早上六点多被各种鸟声叫醒，躺在炕上听鸟鸣至近九点。

兔子的声音。有四只兔子，白三，灰一。白天见他们在草丛里扒拉找食。兔子的叫声我形容不出来，记在这里。以后再听见，就知道是兔子在叫了。

蚊子嗡嗡声。已是秋天，蚊子还不见少。在新疆十五年，唯今年夏天见蚊子最多。

风吹树叶声。有风，吹着院内外的树叶，声音不大，足够听得清楚。

七点四十三分，主人家的白胡子老汉起来扫院子。天刚蒙蒙亮，昨夜睡时未关门，扫帚摩擦土地的声音可以确认一个移动的身影。

如果住在22巷,应该还有羊群的声音,有奶牛的哞叫。这条巷子靠近村尽头,有几家养羊。还有一家养了四头奶牛。这些人家,我都住过。

村庄这样的早晨都属于声音。

昭苏高原笔记

连队的广播

在新疆兵团的连队，广播的作用远远超过了手机，这是我在连队生活了一段时间后无意中发现的。

广播，这物件在老家早已弃之不用了，而对于更多的老军垦、兵团后代，他实在留下了太多回忆和故事。后来的兵团人，终于也不忍舍弃，依旧高高悬于各个连队上空，总是隔三岔五地响上那么几声，由不得职工们不留意、重视。

连队，我是初来乍到，一切都是新鲜的，基本上是很难留意到不起眼的广播的。引起我对广播注意的，始于一场火。

一场春播高峰时最害怕偏偏又着起来了的火。

那年春播期间，昭苏高原的气候罕见地干燥，从春播开始到快过去一半时，雨点都没见到是什么样子的。此时麦子已经播下了，还剩下近万亩油菜待播。某天，油菜终于开始播种了，我们都集中在条田里，一边跟机车，一边看着播种质量。中午两点多了，我们也还没吃午饭，连长的电话响了——山那边的条田里，职工木沙江在看自家的地时不小心把未熄的烟头扔到了免耕地里。连日的干燥，满地去年的麦秸秆，见

到火星子都能着。

　　眼见着几千亩免耕地即将被烈火一吞而尽，木沙江懵了，唯一清醒的就是给连长打了个电话。连长挂了电话，意识到要出大事，终于忍不住爆了句粗口，拿起地头的铁锹就招呼我们上车赶去救火。临上车还叮嘱治安员赶紧回连队住宅区去叫人、拿工具。等我们快到山顶时，连队的广播响起来了。不多久，只见一个摩托车车队就形成了，目标都直奔免耕地条田。

　　万幸的是，那天没刮什么风，人来得也特别快，火很快就被地里挖出的土给盖灭了。见只烧了大概百亩地，木沙江终于松了口气，疲软地瘫倒在地。事后，我想这要是通过手机一个个通知救火，等电话打完，火势估计已完全不可控了吧。

　　一场火，让我终于注意到了连队生活中必不可少的广播；尽管在很多地方它已经渐渐淡出了视野，却依旧在力所能及地影响着人们的生活。

　　从那以后，我才真正开始留心起悬挂在连队办公室顶上的广播，同时留意的还有许多以前被忽略的物件和事情。可以说，我真正融入和了解连队，就是始于不起眼的广播。

　　一留心，才发现广播里大有乾坤。

　　要开会或者通知什么事时，哈萨克族指导员或工会主席站在广播前喊一嗓子，整个连队就都知道了。春播、田管时，我们每天早早就到了办公室，用手机在广播前放一段音乐，提醒职工们机车就要下地，该准备的种子、肥料，赶紧拉到地头……

　　现在写信的少了，我所在的连队又是以哈萨克族人为主，外出的相对较少；若是再早几年，若是在汉族连队，试想突然有一天，广播里指导员或其他的什么人在广播里喊着：某某某，你老家来信了，快快来拿；

谁谁谁，你老家寄来的特产到了……这时候，广播里的声音无疑是最温馨、动听的；听到广播的人，步子也变得轻盈了，今天有他们的信，明天说不定就有我老家人的信呢！

因为广播，生活也充满了期待。

钓鱼

钓鱼可以说是最受团里人欢迎的消闲方式了。如果把它也算作是一种消闲的话。

在团里，三五人聚在一块，钓鱼就是他们最重要的话题。日常走在路上，碰到了，最常问的不是"你吃了吗?"，而是"最近收获如何?"，在团里住久了的人都知道，问答双方说的就是钓鱼的事。

这些在我刚去团里时都是不知道的。那时候，整个人都还沉浸在万亩的油菜花地里，沉浸在大片大片的麦地，想象着诗人海子若是在这样大的一片麦地旁居住，又将会如何。

等油菜花谢了，然后麦地被收割一空，慢慢地发现去河边的人一下子多了起来。其实，不是一下子多起来的，而是从来就没少过。当然，这些都是我到团里第二年开始发现的。一同发现的还有，那些有私家车的团场人，把后备厢打开，什么时候都不缺少三两套渔具和挖蚯蚓的折叠战备锹。

即便是在春耕春植最忙的时候，离团里最近的解放桥附近河岸边都不缺钓鱼之人。不是他们闲得慌，实在是钓鱼的诱惑太大，钓鱼的瘾太大。不管再累一拿起鱼竿，一坐在河边，疲劳和烦恼就都烟消云散了。

春耕时，周六周日常常是不许离开团里，也不是不放假，但就是要守在团里，有备无患。这时，我们连队的同事们常常集体去钓鱼；说钓鱼也不确切，更多的是为了放松。春播，天天泡在地里，压力实在过大。

于是，钓鱼就成了最好的松缓方式。

偶尔，我们也能大获而归。这更不得了，回去时，车都不往家里开了，直接就停在了常去的川菜馆子。把钓来的鱼往厨房一送，该烧汤的烧汤，该水煮的水煮，该红烧的红烧；再要几个菜，几瓶伊力特曲，吃得是分外高兴，喝得比往时要多也不觉得醉。酒散后，不知谁冒了一句："钓鱼也是一种生活。"抬头望望，月明星稀的夜里，一觉睡醒已经天明，紧张的春播又来了……

冰雹

冰雹的厉害，我是见识过的。

那年十月二日，正放假待在公寓里看书写作。之前的天气状况如何一直未曾留意，突然就听到了窗外噼里啪啦地响起来，起先以为是下大雨。昭苏高原的雨，是说下就下的，有时下起来既猛且烈。抬头看看，完全不是那么回事。

——下冰雹了。这是看到窗角堆了一堆冰渣子后才反应过来的。冰雹砸向玻璃，待在屋内的我们都有点心惊肉跳的感觉，好在玻璃结实，更是为了冬天防寒，有里外两层，不然还真害怕那些冰雹会破窗而入，不请自来。如此大的威力，要是砸在油菜地和麦地里，那损失就无可估量了。十月，麦子都收割一空，但油菜很多都还在地里，眼见着收获在即，这一场冰雹会把多少人一年的辛劳都砸向颗粒无收的边缘。

幸好这场冰雹下在了团部，砸就砸了，也没什么损失，第二天徒增些许谈资而已。

但很多时候是没那么幸运的。如果说昭苏高原的农户们靠天吃饭，怕旱怕涝，最怕的恐怕还是冰雹。这东西在高原上，实在太多见、太无常了。谁家种地不曾遭遇过几场冰雹？只是区别在于，有些人家运气好，冰雹砸的是收过的地；有些人家运气差点，冰雹砸过的真是待收的庄稼。这个时候，你只能眼睁睁地看着它在你的地里肆虐，却只能无可奈何地通过咒骂来驱散一点怨气，欲哭无泪大约也就是这样了。然后，便是上报团里有关部门和保险公司，等待协商理赔。

每一场冰雹都是一件大事，牵动着无数人的心。除了条田户主外，这个时候，防雹站的作用就体现出来了。防雹站里的人，干的就是用高射炮打冰雹和人工影响天气的事。他们虽不能阻止冰雹来，却能通过高射炮和火箭发射特制的炮弹把冰雹打散，赶它们走。眼见着一场冰雹被打散、赶走，多少人心里都松了口气。

所以，防雹站工作人员常常都被称为"高原守护神"，这些守护神们大多都是青壮年劳力，有力气、反应快；要是遇到反应迟钝的，等你炮弹打出去，冰雹早已落地，那样的话也只能暗自捶胸顿足，怎么后悔都无济于事了。这种情况自然是极少发生的，所以，团场人对他们的感谢都是发自肺腑的。

这些防雹手们生活的辛苦，真是不足为外人道。我刚到团场时，是在宣传科，借着职业之便偶尔去几次防雹站点。因为防雹对站点有要求，起码要求地势高、人烟稀少，一般这样的地方都比较偏僻。防雹手们就日常守在这里，守着唯一的卫星电话，盯着气候变化，不敢稍有懈怠。谁要是松懈，说不定就有一场冰雹下在眼皮子底下，被砸的说不定就是几百成千亩地，算起损失，起码都是几百万元朝上。生活单调，工作疲乏，而他们都是从当年的四月一直待到十月秋收结束，一待就是大半年。偶尔遇到几个放牧人从防雹站点经过，谝上几句都是极为难得的。

也就是几次防雹站点之行，让我知道了在防雹上，有多少人为此付出了辛勤的劳动，由此对冰雹的憎恶更增添了许多。

有一年夏天，在团里康苏沟一家农家乐接待几位外地来的客人，正吃着饭，沟里毫无征兆地下起了冰雹，客人们一个比一个兴奋，纷纷跑出毡房去拍照，丝毫没有感觉到冰雹砸在身上的痛。在他们拍照时，参加接待的团里人已经愁眉苦脸，叹着气道："这场冰雹没有砸到正在开花的油菜就好了。"说着，叹息着，唏嘘不已。

及时雨

我所在的团场，位于昭苏高原，水资源缺乏，农工们面朝黄土背朝天，过的都是靠天吃饭的生活。

某年雨水好，冰雹少，那就丰收成定局。倘若雨水好，冰雹多，辛苦也是白搭。以此推之，雨水少，冰雹少，也是辛苦年。

冰雹或可防，团里有防雹站，十好几个防雹点，干的就是防冰雹的营生。

关键在雨水。风调雨顺，大概是所有从事种植行当人的祈求。去年大旱，春小麦种得早，稍微好点。许多油菜，颗粒无收。农工们眼睁睁地看着，别无他法。只有外出打些零工，补贴家用。

每年五、六、七月，有多少双眼睛在盯着天上的云彩。多年的经验让团场人一看云彩就知道，雨要下在哪一块，甚至哪一块条田，都猜得八九不离十，比天气预报还准。团场的雨贵如油，真不是空话。很多时候，一场雨就决定丰收与否，那一场雨的价值用百万、千万计也不为过。

今年雨水不多，比去年稍好。时值六月上旬，正是缺水的时候。种植户们天天念叨的都是雨怎么不下在地里。

午饭后照例翻几篇张岱《陶庵梦忆》里的文章。读到的一篇就是《及时雨》，写的是"壬申七月，村村祷雨"事。团场人不会祷雨，倒是天天在盼雨。相比祷雨，盼雨更是一种听天由命。在自然秩序前，个人无能为力处实在太多。

抄读《及时雨》时就在想，祷到的雨应该下在团里十几万亩地里，春小麦、油菜、马铃薯、青贮玉米、胡萝卜、紫香苏正急需一场酣畅淋漓的雨水浇透。但看看窗外艳阳高照，天气预报上说这几天有阵雨。大概又下在其他地方去了。

午睡醒来，天有些暗了。云彩也在往团里堆积，那么低，感觉伸手就可以扯下一大块拧成雨水洒在地里。上班路上，不少人都在观望，或者说坐在门前等待。等待一场期待许久的雨。偶尔会听到几句诸如"这雨要是下了，可以管两三天了""要下透才好……"的话。在这里生活时日尚短，我也知道这是要下雨的前兆。

——只要不刮大风把云彩吹跑，下午肯定会有一场大快人心的雨。及时雨。

果然，上班没多久，雷声滚滚。没过一会儿，大雨如注，用盆泼下来的一样，下得太紧凑。对庄稼好处是有，却不比润物细无声式地慢慢浸透。但下了总比没有好，作物们可以趁机饱吸一顿。我坐在办公室，仿佛都听到吸水的声音，从四面八方传来。雨下了大约半个小时。

在团场，遇到一场大快人心的雨，大概有些人会喝醉。以下雨为借口，三五七人相聚，多喝几杯太正常了。心里舒畅呀，喝酒也猛烈了，不久就醉得像雨那样猛烈。这是我去年见到的。

连续的干旱让全团几千人都绝望了，做好了绝收的准备。猛地却在七月初的某个黄昏透彻地下起了一场大雨，持续时间不短。许多人都长舒了口气。第二天听说，昨晚许多农工都喝醉了，为一场迟来的雨，也为了不至于绝收的希望。

河的伊犁

血脉里的伊犁河

隔一段时间没去伊犁河，在某个时候我发现伊犁河离我慢慢远了，她正在从我身体里慢慢地往外流着，直到有一天她让我的身体最后干涸。

而这个城市，也正在以她自己的方式在慢慢疏远我。

其实，我第一次走进她的时候，是在一个大雾天，一场罕见的大雪刚刚过去。一大早就从居住的南院坐着3路车直奔伊犁河而去。在这之前，她已经等了我将近半年。当我小心翼翼地走在大桥上往下看时，能见度那么低，只有那么一小截子的河水安静地流着，没有汹涌的浪涛，宛如一个待嫁的大家闺秀。第一次，伊犁河给我的是一种朦胧美，朦朦胧胧，隐隐约约。直至稍后，我走到桥墩下，才发现原来几个人正在捕鱼。母性的伊犁河，总是无时无刻不在哺育着她的孩子，竭尽所能，大冬天也不例外。

此后，几乎每个星期我都会如约而至。更多的时候其实就是一种习惯，仿佛她已经融进了血脉，不去走走心里就会憋得慌。曾经有一次到了伊犁河边，恰好下大雨，赶紧躲到了桥墩下，看着一排排雨丝在瞬间就融入了这条长一千五百多公里的河流，落下的时候溅起一些微笑的水

泡泡，然后就成了河水的一部分。在桥下，十分偶然地就想到了那个写有《瓦尔登湖》的梭罗。和他一样，在伊犁河边建一座房子，过着自给自足的生活，用手中的笔记录下伊犁河的四季，这本著作必定将会如同《瓦尔登湖》那样不平凡，多年后还依然被人津津乐道。

梭罗在《我生活的地方，我为何生活》的篇章中说，时间只是我垂钓的溪。我喝溪水，喝水时候我看到它那沙底，它多么浅啊，它的汩汩流水逝去了，可是永恒留下来了。其实早在梭罗以前的一千多年，就有中国哲人面对逝去的河川感叹道："逝者如斯夫，不舍昼夜。"如果他们所面对的是伊犁河，所得的哲理必将更多。

在伊犁河边漫步，最好是光着脚，踩在那些细碎的被太阳晒得滚热的石子上，一种莫名的舒服从脚掌下传来，缓缓而上，直至传遍全身，这是一种怎样的享受呢？漫无目的地散步，陌上花开缓缓归，如果你是石头收藏者，一路上你定会大有所获，那些多年来被伊犁河水冲刷打磨过的各式各样的石头，一下子都呈现在你面前，目不暇接之后就开始挑选了。偶尔还会用一些扁平的石块，向伊犁河中打出一连串漂亮的水漂。再看看或浑浊或清澈的伊犁河水，汹涌而下，从上游带下一些枝条和芦苇秆，顺流而下。试想，如果，没有这样一条母亲般的河，作为塞外江南的伊犁，该是多么贫乏？如此细想，也就不难理解马康健笔下小说《伊犁河作证》中把生命献给伊犁河的那个船夫了，这才是真正的赤子情怀。而被伊犁河水养育过的子民，大约都是这般哦。

一路行来一路而歌。在芦苇丛中的空地上，三三两两的垂钓者在安静地等待一天的收成，而远方渐渐下落的夕阳此时正好斜照在他们脸上，是那么安详。而整个画面又是那么协调，如果站在远处的伊犁河大桥上看去，会不会觉得这是一幅绝美的风景画呢？

何况此时还有从河岸悠悠而来的阵阵沙枣花香，这要怎么画到山水画里？如果再有几只挥着翅膀的蝴蝶和蜜蜂就天衣无缝了。沉入其中久了，走得累了，席地而坐或直接躺倒在细沙上，闭上眼睛小寐或陶醉其中，淡淡的香味若有若无，此时已经分不清楚到底是沙枣花香还是久违了的泥土的清香。

更重要的是，微醉的你已经忘记了回家的路，把自己交给了伊犁河。

特克斯河

我一直保持着对特克斯县这个边陲小城的敬畏和感激。当我站在悬崖边凝视着乳白色特克斯河的时候，那一刻我想我应该彻底地和这条河流融为一体。

尔后，我将以特克斯河的一部分，永久地流走在八卦城。

多少次，匆匆地从特克斯河而过，那些乳白色的汁水仿佛流在我的身上。就在今年七八月间，我再一次靠近它，沿河而上，实地触摸，感受着它的温度。

那一次，为了找寻该县白虎山中的雅丹地貌，我们沿河而上。我国先哲曾说，山不在高，有仙则名，水不在深，有龙则灵。很多地方总是希望有些名胜古迹来提高它的知名度，增加旅游的兴趣。但特克斯河却截然相反，多少年来，特克斯河一直就那么静静地淌着，或乳白色或清澈见底的流水，任凭游人兴叹。

我们抵达特克斯河，正是夏季涨水的时候。那汹涌的浪涛一浪覆着一浪。而我们的行走也是小心翼翼，害怕一不小心就落进澎湃的河水中，洗一次"牛奶浴"，而它的结果却是不可想象的。只要注意看看那些流水中的旋涡，我朝旋涡中扔进一个一二公斤重的石头，没有丝毫声响，一点动静都没有，由此可见水之深了。

我们在向导的带领下，一次次艰难地翻越峡壑，侧身看着滚滚的浪涛，雄性的特克斯河的大气、豪迈此时在不经意中毫无隐藏地表露着。这让见惯了小桥流水的江南人有了一种古人所说的"如入芷兰之室，久而不闻其香矣！"感觉，于是回去良久脑子里还是如牛奶般的河水以及西北汉子般的河流。

经过层层峡壑，终于在目力之下看到了雄伟、沧桑的雅丹地貌。而在我们身后，就是大浪淘沙般的特克斯河水。海子有诗句说："梭罗这人有脑子，看见湖泊就高兴。"而其实，我们谁不是河流、湖泊的孩子？这个时候正有一个牧民赶着一群牛羊想要蹚过特克斯河，这让我倍感吃惊。这么深的河水，这些羊群又怎能过去呢？但只在不长的时间之后我就知道我错了。河水仿佛认识这些草原的子民，只见那群牛羊一个个排好就那么走进了水里，顿时河里就有了一座牛羊搭成的新的"特克斯河"。眼看着河水马上就要淹没羊群，只剩下牛羊的头和脊背了，但它们就这么从水里"漂"了过去，河水自始至终都那么风平浪静。在整个队伍中，牧民是最后过河的，或许他是真的深信他在河流上能看到真正的幸福。这不就是吗？

站在特克斯河边，仿佛听到了陀思妥耶夫斯基在《卡拉马佐夫兄弟》中的追问："在大地上我是谁？这个大地又是什么？我和其他人所做的一切是为了什么？"此刻，真的想问问那位已经过了河的牧民，没有缘由地，我想他心中一定有满意的答案。

在从特克斯河回去的路上，想起曾经看到过波兰诗人切·米沃什讲过的一个故事：很久以前，他走在波兰村子的小路上，看见一群鸭子在污泥塘里洗澡，而在附近就有一条清澈的小河。这使他感到十分地困惑。"为什么它们不到小河里去呢?"他问一位坐在屋前木凳上的老农。老农回答说:"呵，要是它们知道就好了!"实际上，世界上有两类迥然不同的鸭子，一类是迷恋烂泥塘的鸭子，一类是懂得到清水中洗澡的鸭子。前一类鸭子是多数，后一类鸭子是少数。

面对特克斯河，我们到底是哪一类鸭子?

神性的巩乃斯河

在伊犁众多的河流中，除了母性的伊犁河外，我最先知道的大约就是巩乃斯河了。

上学时在乌鲁木齐，那时最爱读的就是周涛的诗歌和散文了。也就是从他的文章中，知道了在塞外江南美如画的伊犁，除了有一条大名鼎鼎的伊犁河外，还有一条神性的巩乃斯河。于是，向往也就由此而生了。没想到，大学毕业伊始就走到了伊犁，并一直生活到现在，巩乃斯河也不知去过几回了，从她身边经过的次数更是数不胜数。

而实际上，巩乃斯河却是伊犁河三大支流中最小的一条，全长只有二百多公里。据资料上说，巩乃斯河发源于那拉提山、阿布热勒山和依连哈比尔尕山的三山交汇处，和伊犁河的另一条支流 —— 喀什河源只有一岭之隔。可惜至今还没有去看过巩乃斯河的发源处。

据说，"巩乃斯"是"朝阳的山坡"的意思。这形容得真好，试想在朝阳的山坡上，朝夕都有一条绵延不绝的河流在弹奏着最美的音符。何况在鲜花盛开的季节，她被红橙黄绿赤蓝紫各色鲜花点缀着，牛羊遍地，在茂密的树林里还会有松鼠 …… 这时候阳光正好照下来，朝阳的山坡

上顿时有了一条白色的丝带，巩乃斯河也因有了阳光的眷顾和宠爱，开始有了神性。那些和巩乃斯河朝夕相处的鲜花、牧草、树丛，还有牧民，都开始圣洁起来。

巩乃斯河犹如伊犁河这个母亲最小的孩子，受万千宠爱于一身。那些儿时与伊犁河一起长大的孩子，终于要长大结婚的时候也要让伊犁河水来见证他们的幸福。这个时候的伊犁河是喧嚣的，也是幸福的。但在母亲河的后花园里，巩乃斯河依旧如往日那样温顺、安详，但依旧感受着她的母亲传递给她的幸福，并把这种幸福告诉她所经过的每一寸土地、每一朵云彩，告诉正在吃草、汲水的牛羊她所感受的幸福。

里尔克曾说过，在时间的岁月中，永远没有自己的故乡。但如果在巩乃斯河呢？永远都生活在河边，与河水、河岸保持着一份默契，时间与他们已经不是问题，生死也不足以让人生活在忧心忡忡中。终于有一天，我们开始尝试着明晓：我们这些不住在这里的人，又怎么能来得及走进有关她的故事呢？

于此，我开始羡慕生活在巩乃斯河边的居民了。

赛里木湖：情人的眼泪

人说熟悉的地方没有风景，对于居住伊犁的我，赛里木湖算是一个例外。

那些漫山苍翠浓绿的松柏、群集的水鸟野鸭、调皮掠水的天鹅，总是吸引着人们情不自禁地停下脚步。更何况这些之外，丰富的岩画、古墓、寺庙遗址、碑刻以及古驿站遗址等应有尽有。在这里，你的脚步会不由自主地放慢，再放慢，直到你静下心来直抵赛里木湖的灵魂的腹地。

赛里木湖位于312国道旁，湖泊东西长20公里左右，南北宽30公里左右，面积近460平方公里，其中最深的水域达90米左右。虽然时间过去很久，但依然遗憾第一次与赛里木湖擦肩而过。刚毕业到伊犁参加工作，第一次从乌鲁木齐到伊犁，坐的是夜班车，由于白天搬行李累得在车上一觉睡到天亮，等到醒来的时候，赛里木湖已经在身后等着我下一次邂逅了。而这期间已经过去两个月了。

如果你没有去过赛里木湖，那么你可以想象，坐在从乌鲁木齐出发前往伊宁市的长途班车上，一直向西一路颠簸着，就在你将要失望、绝望或者昏昏入睡的时候，众多不约而同的惊叫声吸引着你朝外看，你揉揉眼睛，怀疑自己是不是到了另外的地方。司机停下车，进入你视野的是一片湛蓝，这不是海的颜色吗？一种缥缈的蓝、透彻的蓝，比海水更蓝得彻底。

于是，你的心已经不在你身上了。你不自觉地就向她走近，你的视野也会更加辽阔。瓦蓝的天空，还有和你一同走在湖水周围的成群的牛羊以及正在被它们啃食的草皮；你再抬头远眺，哟，远处那不是雪山吗？那么纯洁。

啊！眼前的这么一大片蓝色不是海？脚下的土地不是海岸？她分明就是海的，你看和海一样辽阔，一样气势磅礴。其实，你是没有错的，你确实见到了"大海"，因为在你眼前的就是被我们伊犁称为"三台海子"的赛里木湖，也有人说她是大海寄养在亚洲腹地的孩子。

在古籍中，赛里木湖也被叫作天池，这个"天池"当然和那个被称为"大地的眼睛"的王母娘娘的瑶池的天池不一样了。赛里木湖，在伊犁人眼中也有自己的称呼，清代曾经在湖的东岸设有鄂勒著依图博木军台（三台），所以又称她为三台海子。所谓海子，当然是大海的孩子了。在伊犁人心中，赛里木湖就是大海赐予亚洲腹地的孩子。

其实，把赛里木湖与海联系起来，是很早的事情了。在从前，赛里木湖还叫"西方净海"，在蒙古语叫"赛里木淖尔"，是"山脊梁上的湖泊"的意思。因为赛里木湖是大西洋暖湿气流最后眷顾、留恋的地方，所以她还被称为大西洋最后的一滴眼泪。凡是与赛里木湖相关的，总是那么诗情画意，这也正和她的"容颜"融为一体。现在通用的名称——赛里木湖，是"祝愿"的意思。

这就和现在流传最广的关于赛里木湖的一个凄美传说有关了。传说赛里木湖是一对为爱殉情的恋人的泪水汇集成的湖泊，所以说赛里木湖水是情人的眼泪。

故事的开始总是千篇一律，但关于赛里木湖的传说却发生在没有湖泊的美丽大草原上。很久很久以前，现在的赛里木湖还是一片盛开着各种鲜花、水草丰满的大草原的时候，有一位貌美的切丹姑娘和蒙古族青年男子薛德克彼此深深地相爱着。但是，好事多磨终酿成了悲剧。草原上凶狠恶毒的魔鬼贪恋切丹的美色，就将切丹抓进了魔宫欲与其成婚，切丹誓死不从，伺机逃出了魔宫。魔鬼们后来发现了，在他们的追赶下，切丹无路可逃被迫跳进了一个深不见底的水潭。薛德克得知后赶来相救时，切丹已经离他而去了。在万分悲痛之下，他也跳入了深潭，以生命为代价和切丹终于走到了一起。薛德克跳入深潭后，水潭里涌出了汹涌的激流。切丹和薛德克，这对恋人用至爱和真诚感动了神灵，他们悲情的泪水终于化作了赛里木湖。

因为这个传说，赛里木湖吸引了众多的情侣，他们纷纷到这里，面对着湛蓝的湖水——情人的眼泪见证各自的爱情。除这个凄美传说之外，流传较广的还有关于湖怪的传说。传说这个湖怪叫大青羊，据说在清代，驻守三台的士兵，有时候傍晚会看到湖中有一只大角的青羊露出湖面。这个怪物大青羊出现的时候，湖周围就狂风大作，雷雨紧接着而来，湖中更是波涛汹涌。传说此时湖的上空如果出现高挂着的大红灯笼，这些怪异的现象就会立时停息，湖水依旧平静。经过多次，人们就认为这是神龙在庇护着他们，于是在乾隆年间，附近的官民就自发地在湖的南边修建了很壮观的靖海寺，在湖心的岛上修建了龙王庙，以供奉神灵，祈祷平安。近几年，不断地有湖怪出现的传闻，只是现在湖怪的出现已经没有那么多灾难了。

其他的诸如湖心风洞、漩涡以及湖底磁场等传说更是给本就美丽的赛里木湖带来了诸多的神秘。

冬天，飘荡的雪花飞舞，此时的赛里木湖更是银装素裹，苍翠的古朴松树覆盖在大雪之下。此时的湖水一改往日的碧蓝，而变得墨绿，壮阔之余，联想到那些传说，更显得神秘。

当然，到赛里木湖最好的时间是每年七八月份。那时候，湖岸边周围的草地青翠；牛羊成群地在草地上，还有各样的遍地黄花；附近的座座毡房，从远处望过来，宛如一朵朵白色花朵盛开；甚至还有哈萨克、蒙古族人，骑在马背上，弹着冬不拉，唱着蒙古长调，歌声飘得很远很远……然后吃着民族风味的小吃，清炖羊肉、烤包子、奶茶、烤全羊……更是应有尽有。

更重要的是，这个时候，你可以看到盛大的那达慕大会。这是一场难得一见的盛宴，周围的蒙古族、哈萨克族牧民都会相约而到，载歌载舞，更有传统的体育比赛摔跤、叼羊、赛马、姑娘追，阿肯弹唱等精彩表演以及巴扎贸易，令人目不暇接。

如果你的想象力足够好，面对如同仙境一般的山光水色，你会不会联想到出塞的美女昭君？在来伊犁的路上，经过漫长的奔波，对路边的景色慢慢失去兴趣失望的时候，突然美丽绝伦的赛里木湖毫无征兆地就走进了你的眼帘。盛大的出现，悲壮一如当年昭君出塞，一路风尘，却又那么优雅。而清澈碧蓝一如蓝宝石的赛里木湖，更是像极了昭君的容颜，让人心动。

让人心动的更有赛里木湖的宁静，波澜不惊，就像古井中的月亮。她似乎无限遥远，却又仿佛就在你的眼前，伸脚就可触碰到冰凉的湖水，平静如镜子的湖面，晶莹剔透的蓝色，没有涟漪，远处更有皑皑雪山在她的身后。蓝色的天空，蓝色的湖水，触目皆是蓝，蓝……近处的松林和白色的羊群，还有远处雪山投影在湖面的层层叠影，相映生辉。

在你的眼睛里，湖水是透明的，天空是透明的，雪山是透明的，甚至正在牧草的羊群都是透明的。你呼吸着的空气是从湖水而来，并经过其净化的，于是，你整个的人也变得透明了。

遥不可及的仙境，你就在其中，你在看风景，看风景的人也在看你，透明着的你也成了一道风景，走进了一个个镜头。精灵般的湖水，曾经流经过草地、石子，然后走进了赛里木湖母亲的怀抱，再走进了我们眼帘。赛里木湖的美，与生俱来，她的高贵，经过洗练、沉淀后凝聚，变得更纯粹。

在阳光下，赛里木湖面成了一块巨大的蓝色水晶玻璃镜子，阳光走到正午，湖面突然就被打碎了，湖水变成了一块块零碎的玻璃。到了傍晚，她再一次恢复了平静。如此，周而复始，岁月一年又一年地过去……

等一个晴天，去夏塔

去夏塔，要择一个良辰吉日，至少是要等一个晴天再去的。

伊犁女散文作家程静说她曾经三上夏塔，最终只成行过一次。伊犁作家马康健更是几上夏塔寻访。而此次——我第一次上夏塔，也终于没能成行，被一场意料之外的雨水阻挡了脚步。怎么说，这也是令人沮丧失望的。所以说，去夏塔，是要等一个晴天才好去的。

在我们此次上夏塔的时候，车行到穷尽处，却见到了几排木制的小房子，里面飘出的奶疙瘩和奶茶的香味，在一个雨天闻起来更是幽香深远。

对夏塔了解甚少，却一直期望着能够去一次，或许就是读了张承志那些文字的缘故吧。优美的文章总是引人入胜的。我的这次未能成行的夏塔之行终于遇见他所写的那样："夏台如同梅里美写过的直布罗陀：每走10步就能听到一种不同的语言。"

早上七点刚过，我们就从昭苏县城驱车朝夏塔的方向出发了，一点下雨的迹象都没有。可是等到车行到穷尽处准备徒步前行的时候，说变就变的天下起了不小的雨，气温更是低得出奇。

据说夏塔曾经是一个十分古老的驿站，在清代它被称为沙图阿满图。"沙图阿满图"是"梯道口"之意，而"夏塔"就是"沙图"转音而来的。

更有传说说唐代的高僧玄奘到西天取经走的就是山口，回想起在上山的路边河道里躺着的一块酷似神龟的石头，而同车的旅伴说那就是传说中驮着唐僧师徒过河的神龟变的。无论传说的真假，多年来那个神龟石就在风吹水击下一直矗立在那里。路边的河水湍急，而且浪涛滚滚，令我们奇怪的是，它的水流一直都是乳白色的，犹如一桶桶牛奶倒入了河里。坐在车上的我们看着河水，开玩笑说是上游的牧民丰收，把牛奶、马奶子都倒入河里，让河里的石头也洗一回牛奶（马奶）浴。

由于夏塔地处偏僻，遭到人为破坏的极少。路两边山峰壁峭叠翠，鬼斧神工。进入峡口，更是林木葱翠，景色也因山势的不同而不断地改变着，仿佛一只无形的手在后面操纵着。在林海深处，杂树成林。看着远处峡谷上一点点的绿色点缀其间，一团一团的，围绕着一个中心向四周蔓延生长的绿色，经过询问才知道这就是哈萨克牧民称为"阿尔恰"的爬地松，这是以前从来没有见过的。据说爬地松会散发出一种很奇特的香味，是牧民代替薰香的香料，哈萨克族人还用爬地松熏制马肠子，蒙古族牧民敬佛烧香也多用爬地松的树枝。终由于距离太远，没能闻到这种传说中的香味，但是远远地望着它们也是好的。

一路行走，两边的风景目不暇接。刚刚对着爬地松指指点点，这边已经是满眼的粉白等颜色，一簇一簇地长在不高的树上，看得多了才知道是野蔷薇。清代诗人洪亮吉说："伊犁四月中，花事极盛，土人统名为果子花，颜色颇似海棠"。洪亮吉所记述的"花事极盛"大多是蔷薇科的植物花卉。虽是四月花开，由于处于深山中的夏塔气温较其他地方偏低，本该四月的花到了七月才盛开，终于被我们赶上了。

最吸引我目光的还是那一大片一大片的雪岭云杉，虽然是第一次见到，却也不陌生，在文字中多次读到它，已经神往已久，此次终于一偿夙愿了。刚见到它们的时候，还颇有些不大相信，从包里拿出了新疆作家沈苇的《植物传奇》中的《云杉：绿色长城和绿色神殿》一节来对照。沈苇先生说它是天山深处的植物长城，其实何止呢？

看着那一丛丛的云杉林，随随便便的一棵，起码也有上百年了吧。多年来，这里的云杉就那么忠诚地守护着天山深处，它是"天山的仪仗队、集团军和绿色方阵，静悄悄隐藏在天山阴坡"（沈苇语）。

一路行来一路惊奇、叹息。大自然似乎太偏爱夏塔了，给予它太多，终于把它放在了轻易不能达到的地方，要想享受，对不起，你得付出一定的"代价"。最起码的，你要多来几次才能看上。

于我，第一次上夏塔，偶遇一场大雨，未能领略它的全貌，但已知足了，风景的动人之处在于慢慢品尝，岂能让你一次尝尽？

所以，夏塔，等一个晴天，我还会再来的。

巴拉克苏，野花之园百灵鸣

站在位于昭苏县城东南部的巴拉克苏大草原，一眼望去，各种各样的野花似乎比牧草还要多。天蓝得像要滴下海水，牧草肥美，鲜花争艳、琼香，更有点点的毡房点缀在草原深处。有关巴拉克苏大草原的瞬间感觉猛然就涌现了，仿佛是一种久远。久违了，巴拉克苏。

到巴拉克苏大草原，是在一个夏日的早晨。伊犁的草原也去过不少了，但面对巴拉克苏，还是依旧兴奋和期待。说是大草原，还不如百花园——野花之园来得合适。

要去观察巴拉克苏大草原，只有站在铁丝围成的围栏外面了，但丝毫也不影响你的观赏。极目远眺，绿色、红色、白色、黄色，让人怀疑这根本就不是一个草原，而是一个颜料生产基地。或许，这里曾经被众多的油彩染过，于是，一个原本是浓绿的草原变得五颜六色了。

一踏进巴拉克苏大草原，你得小心了。这时候，也许你会有一种"举步维艰"的感觉，因为每一次迈步，都会害怕踩着脚下那些叫不出名字的野花，那时候你就会被同行友人笑话为名副其实的"采花大盗"了。无论怎么小心翼翼，总也避免不了"采花大盗"的命运。何止是你，任何一个来到这个草原的游人或者牧民，都会不自觉地做起踩花的大盗。在这里，除了野花生长之地，在哪里落脚呢？

　　清晨的雨露刚刚散去，我们已经站在了巴拉克苏的土地上。群山悠然地躺在视野之外。而在我们脚下，只认得野郁金香、勿忘我、党参，其他的那么多就等着我们各自给它命名了，后悔没有带一本《新疆植物志》之类的书籍对照着——叫出它们的名字，否则该是一种怎样的幸福呢？

　　就在到巴拉克苏大草原不久，我们和一大片鸟群不期而遇。那一片鸟群突然出现在空中，之前没有一丝征兆，悄无声息地就盘旋在我们的头顶，等到抬头仰望，它们绕着一个又一个圈子，在草原上时高时低地朝远处飞着，而留在相机镜头上的只是一个个大致的轮廓，甚至连是什么鸟儿都没看明白，它们就远离而去了。就那么一瞬间，它们阒然而现，又以迅雷不及掩耳之势离开，留给我们的只是无限的遐想。后来猜测，可能是我们一群人突然见到巴拉克苏大草原，惊讶之余闹的动静有点太大了，惊动了在草地里歇息的鸟群。它们为了表示自己对我们的藐视，于是就空留一片背影的轮廓等着我们去猜测了。

　　在鸟群飞走后，我们变得格外小心，说话也开始轻声细语。这才发现，其实在巴拉克苏大草原，不仅仅有花香，更有鸟语在花香里此起彼伏。我们真切地听到了鸟鸣，而且还不止是一种鸟的鸣叫。之前，我们的喧哗掩盖了这些来自自然深处的吟唱。循着这些声音，我们一步步蹑手蹑脚地走近，转了一圈，没有一只鸟飞出草丛，这让我们疑惑，难道鸟儿不在这些草地，那会在哪里呢？我们分明听见了百灵鸟的鸣叫，还有辨不出声音的其他的鸟的鸣叫。所以，我们想象，这些大自然所赐予的天籁之音，是来自大地深处，它们是大地跳动的脉搏的生息，所以才那么纯洁、圣洁。

　　哦！在这个草原里放牧的牧民和牛羊有福了，一抬眼就是盛开的鲜花，更有婉转的百灵伴着入眠。

科桑：云杉　台阶　溪流

　　科桑森林公园，如同一只巨大的阳光容器，里面满装的是百年云杉、千级台阶以及清澈冰凉的溪水。

　　当再一次踏进，无限的陌生中夹杂着少许熟悉，岩石还是那些岩石，云杉又长了一岁，台阶也还是以前走过的台阶，溪流一如既往地湍急。

　　到科桑去，是一个考验体力的过程。通往科桑溶洞的一千多级台阶，曾经也难倒过众多英雄好汉。不到长城非好汉，到了特克斯，不到科桑，算什么呢？

　　一路走来，那些经过时光挤压而形成的雅丹地貌就在你的眼角不断地闪现着，禁不住停下车，想要亲手触摸触摸这些已经忘记了历史的石头，它们在大山内部深处，突然某一个开始抛头露面，害羞得想要在表面长一点什么才好。这些形态各异的石头和一路的云杉构成了整个视野的主色调，当仁不让地做起了男女主角。而且都是见识丰富，经历过大风大浪，演技已经达到炉火纯青的演员。

　　在科桑，云杉绝对算是一个大家族。除了云杉以外，很少能看到其他什么树种，走到哪里都可以看到苍天的云杉挡着视野、挡着阳光。看着它们，你一定会感叹写《云杉——绿色长城和绿色圣殿》时的沈苇一定没有到过这里，或者没有看到过这里的云杉，不然科桑的云杉也一定会在文章中占有一席之地。而实际上,云杉一直很低调,直至见了,才知它是养在深闺人未识。其实,不只是科桑,特克斯县的其他很多美景都是如此,未去时,你被蒙在鼓里,去了之后才如梦方醒,大有相见恨晚的感觉。而这就是一个地方的魅力所在。

走在通往科桑溶洞的一千多级台阶上,你就已经置身在云杉的包围圈了。抬头,望不到顶的云杉连着云杉,从树叶中间泄露的一块块斑驳的阳光碎影,让你知晓这还是白天,你可以放心大胆地继续拾级而上。

此时,进入你视野的除了云杉,别无他物。而整座山的表层大多是云杉的枝叶腐烂而成的。在上山途中,你也随处可见还没有完全腐烂的粗大的云杉枝干,就那么裸露在外,经受着风雨,等着终有一天化作春泥更护树。这里的云杉,寿命大多在百年以上,而它的死亡也大多是自然而然的。你也有可能随时与造型奇异的树根不期而遇,凝视着天然的"根雕",再循着它往上看,往上再往上,怎么也到不了头,等到头抬得都累了,才清醒过来,在这些云杉的顶部,早就是棵棵相连,已经形成了一张巨大的云杉网。要想透过这张网往外看,何其难哟。

在其他任何地方,台阶都是被人忽略的风景之一,但是到科桑溶洞要走一千多级台阶,你肯定不会忘记它,或许还会印象深刻。这每一级台阶修建当初煞费苦心,异常困难。而走在这些台阶上,你就会真切感受到《周易》、八卦在特克斯是无处不在的,哪怕是在养在深闺的一个森林公园的台阶上。每走几步,无论你自知或不自知,你都会深处八卦之中,环顾左右,在这些蜿蜒、盘根错节的台阶上,到处都刻着八卦的图案。走上一大截,再回过头来张望,你会吃惊这就是你刚刚走过的,突然变得那么陌生,为什么之前就没有注意到它们似乎就那么定格在那里,古朴、幽静,充满着沧桑感。或许这些都是两边云杉熏陶的结果,毕竟日夜相处，影响是不可避免的。

　　这种熏陶，对于本没什么内涵的台阶，感觉一下子有了质的变化。仿佛一个习武之人的任督二脉被打通后，技艺开始登堂入室，从而被列入高手的行列。这些台阶就是被修炼百年、内功深厚的云杉打通任督二脉的武林高手，让人走在其中不得不另眼相看，甚至还不得不佩服。

　　这些台阶的终点就是科桑溶洞的洞口。这个溶洞据说很久以前是一个部落的避难之所，不知道为什么一夜之间就人去洞空，直到再被发现成了现在的一个旅游景点。还据说，溶洞发现之初是有很多钟乳石的，仿佛做梦一样，就没有了。所以现在的科桑溶洞即使是艳阳高照之天，这里依然是如夜晚般伸手不见五指，如果你想进溶洞去看看，而又没有手电筒之类的照明物，寸步难行也就可想而知了。溶洞还有一个特点就是温度奇低，洞外即便是酷暑难耐，但到了洞内，你还是会冷得打寒战。

　　无论是上山，还是下山，你都会听到哗哗的清澈的溪流之声。但这在你没下到山脚之前，很容易就忘记了。等到了山脚，听着水流声，才惊醒过来，原来在路边还藏着一片溪流。只见那水流湍急击打着石块，浪花飞溅，丝毫不改流水的清澈见底。这些溪水的来头可不简单，基本都是山上的雪水融化的，所以它冰凉彻骨，但也甘之如饴，这才是真正的纯净水，这才是自然的味道。而在科桑，自然之味何止这些流水呢?

在恰甫其海种一棵麦子

有时我孤独一人坐在麦地为众兄弟背诵中国诗歌。

——海子《五月的麦地》

当恰甫其海的水慢慢淹没岸边的麦地时，地里的麦子也开始渐渐熟透、收割了。当我们抵达的时候，留给我们的是一望无际的湛蓝的"海水"（其实是湖水）和收割一空的一大片荒凉的麦地。

一直很遗憾没有见过真正的海，却在特克斯县圆了夙愿，虽不是真正的海洋，应该也不会逊色多少。作为一个高山湖泊，恰甫其海一直被特克斯人放在了心底的最深处，轻易不视人。就在我们经过跋涉到达恰甫其海附近的时候，先前还算晴朗的天空下起了不小的雨，并且有愈来愈大的趋势。

当我们翻过铁丝网，企图慢慢靠近恰甫其海的时候，才知道其中有一段不短的距离。而这都是被收割一空的麦地。进入麦地，我的脚步开始小心翼翼了，害怕惊醒那个沉睡的诗人，今年刚好是他睡去二十周年的时候。

如果他还活着，或坐或躺在恰甫其海周围的麦地，高声朗诵着刚刚完成的诗作："从明天起，做一个幸福的人/喂马、劈柴，周游世界/从明天起，关心粮食和蔬菜/我有一所房子，面朝大海，春暖花开//从明天起，和每一个亲人通信/告诉他们我的幸福/那幸福的闪电告诉我的/我将告诉每一个人//给每一条河每一座山取一个温暖的名字/陌生人，我也为你祝福/愿你有一个灿烂的前程/愿你有情人终成眷属/愿你在尘世获得幸福/我只愿面朝大海，春暖花开……"

没错，我说的是那个土地的儿子、终生都在歌唱麦子的诗人，海子。而他，本身就是一棵想要种在家乡麦田的麦子，却早早地离开了土地。

当我悄悄走进麦地的腹地时，我想起了我的那个离开尘世后才享有盛名的写诗的同乡，我敢保证，如果他来过新疆，看到过恰甫其海，他一定会爱上这里，或许最终会在这里定居，在这里过着喂马、劈柴、养羊、周游世界、面朝大海、春暖花开的生活。在这里，他的这些愿望都将会一一实现。

在临近恰甫其海的地方盖一座木房子生活，不必像《瓦尔登湖》的作者梭罗那样与世隔绝。偶尔和一些来此放牧的牧民交谈，学习做酸奶疙瘩、喝马奶子，还有播种麦种。等到春天的时候，漫山遍野开着各色的野花，还可以对照着植物志，一一读出它们的名字，把它们写在纸上，折成纸船放进屋前的恰甫其海，让它们自由地漂游，周游世界。

此刻，站在恰甫其海岸边的麦地里，却充满着遗憾。这样一个对麦子如此痴迷的诗人，在生前却没能来到这里，否则，不知后面的历史将会被改写成什么样子呢？一直有一个痴心的妄想，如果当年海子去的不是西藏，而是人间的另一个天堂新疆，哪会怎样呢？或许，那时候，在恰甫其海放牧的牧民会经常看到一个眼睛时刻充溢着忧伤的诗人坐在麦地里大声地朗诵诗歌，甚至忘记了他正在面朝大海，而周围遍野都花团锦簇……

　　这是我第一次面对几百亩的麦地，内心的激动导致我开始不着边际地胡思乱想，脚步放得一轻再轻，终于在遇见小小的一片芦苇后开始变得清醒。是不多的几棵芦苇的绿色唤醒了正在"神游"的我，这也使得我不得不仔细打量这几棵被荒凉麦地包围的芦苇，它们如同冬天枝头的几片还冒头的嫩芽，一下子给整个季节带来了生机。

　　作家程静说，没有哪一种植物比芦苇更能演绎大地的苍茫气质，而在她眼里，这些"边疆的芦苇是再生的芦苇，负重的芦苇，散发清醒的光芒"。她说的更多的是连绵几百里的芦苇荡。对于那连绵几百亩苍茫、荒凉的麦地里矗立着的几棵芦苇，又将如何去表述呢？在面对这些芦苇的时候，刚刚回神的我遇到了语言表达上的障碍。这种障碍更多地来自思想上的感知，和对土地的感悟，这是一个泄露内心想法的过程，而程静早早就说过"我不想说关于内心的事，这太累人"。而事实也是如此，站在这寥寥几棵芦苇前，我已经迈不动脚步，尽管距离恰甫其海才走了不到一半路程，我已经身心疲惫不堪。

　　于是，我拖着步子，一步步地靠近海边的时候，一不小心就踩进了水里，所幸水很浅，我的脚也陷得不深。刚在河边走，就湿了脚。我知道，当海水渐渐淹没麦地的时候，麦子收割就开始了。在这大片的麦地里，距离我们几百米的地方，尽管雨还在不停地下，农人在收割机的辅助下，正在加班加点地收割，因为一旦手脚有所迟疑，那些经过无数汗水浇灌长成的麦子就将被泡在恰甫其海里，等着成为鱼群的食物。

　　等到穿过麦地，真正触摸到恰甫其海时，眼镜已经被雨水打湿模糊了视野，不得不一次次地擦拭。一个真正的恰甫其海只有等着下次来的时候，再慢慢感知了。但是，要感知一个地方，必须先从它周边的风物开始，所以这次来，也不至于是无功而返了。

下次来的时候，一定要种一棵麦子，那是海子面朝大海般的生活，那时候恰甫其海周围一定是春暖花开的，走的时候，我心里一直这么默念着。

感受萨尔布拉克

　　去霍城县萨尔布拉克镇，本是为了找寻沉睡在山上的岩画，却没想到接受了一次美的洗礼。

　　车子从霍城县城出发，从高速公路拐下去之后，一路上我们就不断地被震撼着。伊宁市的洋槐花早已经凋谢了，而这里依旧是一大片一大片旁若无人地盛开着。打开车窗，香味就四面八方地一拥而入。这是来伊犁后，第一次见到那么多的洋槐花，而之前的一次是在师范学院的校园里，而那时候，校园里的花朵即将谢幕。看着那些一路很随意开放的洋槐花，似乎是行走在万里之外的故乡的三月，那里不仅有一大片油桐花在绽放，还有更多刺槐花在等着调皮的孩子采摘，然后放进嘴里咀嚼，一下子甜了整个童年。

　　行走了不长的一段，你的嗅觉似乎就开始麻木了。不过没有关系，因为随着车子向前，你会有别样的惊喜。渐渐地，你就会看到两边连绵的群山。慢慢地，你突然就发现了一簇簇的大红色点缀着山脉，先开始是一小片一小片的，然后是一簇一簇的，到最后某一个片区全部都被红色占据着，山峦本来的绿色反而不见了。把相机的镜头拉了再拉，却依然不能尽收眼底。向接我们的司机一打听，才知道当地人把这些花叫作大烟花，也叫大炮花。等到停车走近才知道，其实那些大烟花离我们行驶的公路还挺远的，遥望着那些随着山势而生的红花，似乎比昭苏的红花还要多，况且这些花还多是野生的。直至真正走到了萨尔布拉克镇，才知道这些其实是无处不在的，院子里、田埂上，乃至小渠边……

要寻找岩画，无疑是要上山的，由于前一天夜里刚刚下完一场雨，进山的路非常不好走，我们只好舍弃乡政府的车子，向附近的牧民借了一辆拖拉机就朝山里去了。

一路上的颠簸与苦痛再次验证了好的景色总是在人迹罕至处，而这里其实根本不是一个风景区，仅仅是镇上一个村里的春夏牧场。但这一片未被开垦的处女地，比任何一个被开发的风景区度假村都不逊色。

沿途的一些野果树不时地泄露几朵小花供你去想象，并打发路上的无聊。其实，怎么会无聊呢，那些各色的石头随意地躺在路边，偶尔还会有一两个码得整齐的石头墙，还会有几声牧羊犬的吠声由远而近。

等到了山脚，才知道我们要找的岩画在1600米高的山峰上，但这丝毫没让我们沮丧。虽是五月，但山里依然有些冷，草长得茂盛，已经没有了去年干旱的痕迹。牧民介绍说，今年一开春连续的几场雨让他们确实乐在心里。这不，他们指着远处正在吃草的羊群，比以往都要长得肥壮，距离丰收已经不远了。

真正吸引我的还是那种漫山的绿，这种绿色没有边界，大气磅礴。这个草场是还没有被发现、开发的那拉提和喀拉峻。此起彼伏的山坡使这个天然的草场变得层次分明，形成了一个从山脚就开始的沟壑，站在山顶往下看，一座完整的草场赫然被分成了几部分，连防护隔栏都省却了。

回过头来再看来时拖拉机驶过的路已经变成了羊肠小径，就那么横贯在群山之间，显得格外突出。抬头看看天空，乌云与湛蓝镶嵌在了同一片天空下。乌云在不断地移动，天慢慢地暗下来，而这时候才刚刚到了中午，离我们上山已经过去了一上午。一路上，在熟悉地形的牧民和村干部的带领下，我们顺利地找到了七块刻有岩画的巨大石块，不虚此行。

而且发现了这么一个世外桃源，在不经意间就经受了一次美的熏陶。这种熏陶是不动声色、不事张扬的，你走着走着，只要你的眼睛是睁着的，她就会扑面而来，而且不会让你有审美疲劳的感觉。

山里的天气，说变就变。好在我们也已经完成了此行的任务，何况还有意外的收获，没有带伞的我们一行走到1600多米的高度便下来了，走的时候默念着下次一定要找个机会专门来这里坐坐，什么都不做，什么都不想，就随便坐在哪个角落，看日升日落、云卷云舒，似乎就是陶渊明的悠然见南山了。

上山的时候把主要精力都放在了寻找岩画上，等到下山的时候，才发现其实在这里也点缀有各种各样的野花，除了来萨尔布拉克路上我们看到的大烟花外，还有一小片一小片淡蓝色的小花，而它的花蕊更小，小到它的名字都已经被当地人忽略了。

虽然我们担心雨水来临而提前下山了，但回去的路上依然不可避免地做了一回落汤鸡。坐在拖拉机上，回头看着身后在雨水下奔跑的骏马、洁白的羊群还有花斑色奶牛，大自然鬼斧神工留下的山水画就那样被抛在了身后。

等一回到伊宁市，我就迫不及待地把在萨尔布拉克拍的一些照片展示给朋友们，他们都很惊讶伊犁竟然还有这样一个他们不知道的圣地，而这样的地方在伊犁应该随处可见，何止一个被忽略的萨尔布拉克。

而这些随处被忽略、司空见惯的美似乎是专门为了印证边疆处处赛江南，何况这本身就是一个塞外的江南。

喀赞其的日常生活

凝视马的

行走在花城的小街小巷，经常会遇见载着三五乘客的马车，从你面前一闪而过，等你反应过来，马蹄声已经远去。曾经使用多年的交通工具，在边城伊宁的一些角落，它依然在发挥着不可替代的作用。

这种马车在喀赞其，就成了马的，或者也叫六根棍马车，这在伊犁大约没有人不知道。哦，忘了告诉你，喀赞其是花城伊宁的一个民俗旅游区，在当地，更多地被人称为南市区。

进了喀赞其，首先闯入眼帘的可能就是路边那一排排整整齐齐的马了，它们是喀赞其最常见也是最普通的交通工具了。同时，它还是喀赞其的眼睛，谁在第一时间抵达能逃得过它的"法眼"呢？从你踏进喀赞其大门的第一步，你的一颦一笑、一举一动都在它的注视下，直到你坐上，行走在喀赞其的大地上。那时候或许你就会感叹，大地给我们的教诲，胜过任何的书本。

说来遗憾，到新疆五年了，还没骑过马。坐马的，也还是去年到伊犁的事情。因为工作，曾经有过一次坐着马的周游喀赞其的经历。那也是至今最令人回味的一次采访了。那一次为了寻访一个民俗博物馆，驾驶马的的师傅是个善解人意的大叔，见我对那里的一切都充满着好奇，问这问那的，就载着我走过喀赞其的大大小小巷道。坐在马的上，行走在阴凉的路上，一辆一辆的马的从身边驶过，马蹄声嗒嗒嗒嗒 …… 响彻喀赞其的各个角落。正在晒西红柿干或辣皮子的老奶奶伸出头看看，和师傅们打个招呼，然后接着晒西红柿干、辣皮子。这些常年在喀赞其讨生活的人，和这里的居民都无比地熟稔。有时候，谁想要出去，出门随便就能搭上便车（应该是马的），一来二往，就熟识了。经常停车，进院子喝碗奶茶也都是常有的。

无论去多少次，对喀赞其的一切依旧充满着新鲜感。你看马的上拉车的马，高大雄壮，毛色油亮，一眼看上去就很干练，忍不住就想要坐上去试试。还有车篷，各式各样的图案，样式也很独特，而这都是自家的媳妇、女儿绣出来的。把它们安在马车上，师傅们仿佛就坐在家里的炕上，和乘客聊天也就成了在话家常，不觉间一天就过去了。日复一日，一年就过去了；年复一年，人就老了。

马的上的毯子花色繁复，和车篷一样，都是一针一线绣出来的，坐在上面，一种踏实感油然而生。把它铺在车身，老师傅们悠闲地抽着莫合烟。在斑驳的阳光下，被阳光晒碎的日子就在马的车轮的转动中悠然地行走着 ……

曾经有过一次幸运的经历，无意中在喀赞其游走，不经意地偶遇了一场维吾尔婚礼。那真是一场大排场的婚礼呀，二十多架马的，一字排开走在喀赞其的大路小巷，这种阵势，比之加长林肯也毫不逊色哦。一条长龙一样的马的队伍，更像是一条通往幸福的大道，载着一对对新人抵达幸福的港湾。

小桥流水

有一段时间，正是初春的时候，几乎每天都要到喀赞其幽静的小巷走走，漫无目的地看看那些属于春天的小桥、流水。那些散发着泥土和木屑的气息，从历史深处而来。在那里，心灵和这片土地一样开始变得安静。那些搭满葡萄架的院落，刻着各式各样花纹的门窗，还有斑驳的墙体看着似乎即将倒塌却依然牢固。又深又长的巷子，经常是走不到底。来往的马的和赶车师傅看着一个漫无目的、没有目的地的路人的随意漫步，总是会停下马车示意是否要搭乘。每每这个时候，在我报以歉意的微笑之后，就哟呵着扬长而去，留下一阵阵马蹄声。但是，有一天，依旧在不知道深浅的巷子里走着，却突然感觉没有太阳直照的微热，抬头一看，原来是巷子两边和民居前的树木都发芽长叶子了，而若隐若现的太阳被发呆的我忽略了。这才意识到，春天已经到了喀赞其。流在门前渠沟里的水，也已经暖了起来……这是初春的喀赞其，也是我在伊犁第一个春天最大的安慰。

自从发现了这么一个去处，经常走着走着，不知不觉就走到了喀赞其门口。很长一段时间，我几乎要把它和史铁生的地坛相类比了。其实，自己心里清楚，吸引自己去的原因是那里是一个小桥流水的世界，而那些发自内心深处的期盼往往支配着脚步走到此地就不再前行。

也许是因为自小生长在江南，那里的小桥流水在我生活的十九年里，已经刻在血脉里，所以即使到了新疆五年，身上多余的水分也蒸发得差不多了，唯独对那江南随处可见的小桥流水不能释怀。听老一辈人说，伊宁市区曾经有过大大小小很多座桥，比如至今留在人们记忆中的西大桥、红桥。但现在，这一切都留在了喀赞其。

　　作家黑陶在其散文集《漆蓝书简 —— 书写被遮蔽的江南》中说，江南是一个巨大、温暖的父性容器，他宽容地沉默着，让我任性地在其中行走和书写。作为一名在场者和见证者，我所努力追寻并倾心热爱的，是"江南"这块土地久被遮掩但确实存在的另一种美，江南的异美 —— 激烈、灵异，又质朴、深情。它那壮丽又凝重的自然山河，受伤却不改汹涌的现实生存，中断或仍在延续的民间历史，让我在满怀感动中，领受着做人的道理。

　　在一个炎热的夏日午后，我读到了这段文字，意外的是我想到的不是那十九年里所见所感的江南，而是喀赞其和遍布在喀赞其各个角落的小桥流水。放下书，带着相机我就朝喀赞其奔去了。

　　到了地方，就坐在水渠边，背靠着白杨，有时候还可以看到院门前的桑树上结满桑葚，院子里的果实更是诱人了。但，这又怎能比得上眼前的涓涓流水呢，伸手触摸，冰凉冰凉的，一下子把整个夏天都抛在了身后。比之江南的小桥流水，喀赞其那些被精心照看的流水、小桥显得沧桑而大气。

　　只要想想，在这片土地里，任何一条河流都可以滋养出一片绿洲，养活多少牧民和羊群。想通了，也就释然了。

百年老屋

　　对于喀赞其，至今唯一能沾沾自喜的大约就是实地走遍了它的角角落落。无数次在喀赞其行走，最震撼的莫过于那些各式风格的存在了百余年的老房子了。我没有打听过，在整个喀赞其到底有多少这样的百年民居，但这丝毫不妨碍我对它们的尊敬和好奇。

　　住在那些老屋里的乌孜别克族人、维吾尔族人 …… 感觉他们全身都充满着历史，那种厚重，走到哪里都散发着不一样的气息。走在人群中，立马就会被敏感的人辨识出来。

　　试想，一个整天生活在一百多年的老房子里，在他的周围，哪怕是一撮灰土，都有可能是百年前留下来的，那里面有着太多的故事。生活在其中的人，可以直接和祖先交谈，他们住着祖先住过的屋子，用的都是祖先曾经用过的，上面或许还留有些许的痕迹等着你循着它去发掘更多淹没在历史深处的往事。这该是怎样的一种情景啊。

　　坐在一把木椅子上，谁会想到，一个世纪以前的人坐在上面都在干些什么呢，会见宾客抑或等待儿孙的拜见？

　　听报社的老师们讲起过，他们以前都是在喀赞其的一幢老房子里办公的，那是1997年以前的事情了。其实在他们说之前，那座房子我是去过的，而且还进去感受过，那时里面好像住了一个画家在采风体验生活。站在那结实的木质房子里，环顾四周，当时还不知道这就是当年报社的前辈们艰苦创业的地方。作为报社办公的地方，那里确实有诸多不便，但当作民居的话，却再好不过了。后来，就在今年上半年再去，注意到这座房子门口已经挂上了文物保护标示牌。也就是说，它已经被当作文物保护起来了。

　　喀赞其里有些年头的民居我差不多都拜访过了。很多时候，走在弯来绕去的巷道里，看到一些仿佛有些苍老的房子，就敲门进去看看，和主人聊上几句，问的更多的就是有关那些房子的过去了。

　　有一次，还是在冬天，刚刚下完的雪还没有融化，我敲门进了一座曾经的乌孜别克族巴依在二十世纪初盖造的房子里，当然现在所住之人并不是他的后代了，而是一家做生意的四川人，我在一间屋里就看到堆满了装着苹果的纸箱子。

这位四川人对那座老屋的历史所知甚少，但在他住的二三十年间，经常有乌兹别克人前去拜访，还听他们说起过房子最初主人的后代正在乌兹别克斯坦定居，后来有一天，果然有一群从乌兹别克斯坦远道而来的客人前来寻访，并带着摄像机、照相机留下了老屋的影像资料。据说，他们走的时候恋恋不舍，眼里还含着泪花。在老屋，坐在火炉前，听着那些过往的细碎往事，想到自己正置身在一百年前建造的房子里，我仿佛就和它融为了一体。

出门才发现，老屋的墙根已经被雪水打湿了，有些原先糊在墙上的泥土也掉了下来，留下了一些木柱子裸露在外。这些一百多年前的木头在墙里不知不觉地就睡了一个世纪了，等再醒来，已经是它未知的陌生世界了。它能习惯吗？真想问问。

临走的时候，在墙角，带回了一捧剥落在地上的泥土，本来轻飘飘的一下子重了起来，这才记起，我捧着的是一百多年的时光啊……

民间艺人

喀赞其里，隐藏着太多深藏不露的民间艺人。行走其间，就经常可以遇见敲打纳格尔鼓的艺人，那鼓声仿佛就是大地跳动的脉搏，自土地深处而来，带着艺人的感悟，冲击你的耳膜。

更多的艺人，其实都藏在喀赞其的民居里。走在那些幽静的巷道，看着那些民居，说不定里面住着的主人就有浑身的技艺。

曾经因为工作的需要，在喀赞其寻访了不少的民间艺人，也从文化角度写了些许的文章。这些艺人的技艺，大多都是祖祖辈辈口耳相传下来的，也没有诸如小说里写到武功秘籍之类的典籍，通过记忆，他们就一代代地把一门技术传给了后辈，并且通过几代人的努力，某些技术还更加娴熟、完善了。

从小，我就接受着"学好数理化，走遍天下都不怕"的教育，与此类似的还有"艺多不压身""有一门技术在手上，走到哪里都饿不死"等父辈们成天挂在嘴上的训词，或许是因为逆反心理，后来数理化也没学好，甚至是一塌糊涂。一技在身更是谈不上了，倒是和走遍天下沾了点边，从老家安徽跨过了江苏、河南、陕西、甘肃等省停在了新疆做起了"码字匠"，除了读书外，什么手艺都不会。

在和喀赞其的那些老艺人聊天时，他们无一例外地都表达了一种忧虑，害怕祖祖辈辈们传下来的手艺，在他们手上中断了，子孙辈们已经不喜欢这些传统的又不能带来更多经济效益的手艺。所以可以想见，正在从事这些技艺的艺人，基本是只剩下老人了，偶尔会有一两个徒弟，那也是老艺人们最高兴的了。他们定然会使用浑身解数，恨不得把所有的技艺都传下去。

隐没在喀赞其的艺人有很多，或许是因为他们都沉在民间，不为人所知。但在喀赞其，他们至少是不应该被忽略的，在美景如林的喀赞其，他们何尝不是另外的风景呢？

城市意象

落叶

对于我们这些拥有两个故乡之人而言，似乎喜欢对一切进行比较，并用五年或者更长的时间慢慢学会了比较，用伊犁与我另外那个遥远的故乡相比，甚至与我所到过的任何一个城市相比。于是，我经常想，如果某一天我离开一个长久居住的城市，一定有太多想念的人使我对这个城市念念不忘。怀念一个城市的人，从而对某个城市充满着念想。

然而，我们内心比谁都明晓，果真要是等到有一天回归故里，那时必定会用别的方式掩饰这样过于外露的情感。比如说怀念某地如诗如画的风景，怀念街头遍地的鲜花，怀念甜美的葡萄、甘之如饴的哈密瓜，甚至，仅仅是街头的那些随风翻转的落叶。

秋风扫落叶。在这个最易让人充满各种怀念和念想的季节——秋季，是了，就是那些让人最容易想起故乡的落叶，必定是最好的借口。

有时候，站在铜锣湾的十二楼窗前，看着玻璃窗外的大路，那种真正的车水马龙。秋风已经吹起来了，那些泛黄的叶片随着风旋转、飞舞、飘落，有的，随着奔驰的汽车车轮一阵翻腾。马路两边我一直叫不出名字的树上还有半落未落、半黄半绿的叶子，整棵树上一片黄，一片青，一片青黄相接，这树似乎显示着整个的四季。这是真正的季节 —— 秋，或者说，是深秋。有时候，一棵树整个是一种彩绘，各种色彩点缀其中，四季就这么在一棵树上呈现着，不由得你不服。

这四季分明的城市，有着严格果断、泾渭分明的季节变换。南方的城市，秋天，甚至是冬天仿佛都是绿色的，雪几乎没有，而树，在我的印象中似乎一直都是绿色的。仿佛它们没有冬天，它们不需要脱落叶子，不需要储存足够的用来过冬的能量。在那里，冬天过去了，春天该开的花朵，一年四季都可以见到，秋天和夏天几乎是一个概念，冬天到处是袒肩露背的人，整个城市是一座巨大的没有季节的石头森林。

我曾一遍一遍地拿先人们留下的节气和现在的天气相适配。在我曾经待过的城市，那些节气失去了它们本来应有或者是我意识里它们所应该具有的意义。然而，在深秋叶落遍地的伊犁，我忽然想起来那些早已遗忘的节气，于是一个一个重复地对照起来。立秋之后，是处暑，处暑之后，便是白露。草木摇落，白露为霜。此白露，彼白露，让人无限想象。有那妇孺皆知的古诗为证："可怜九月初三夜，露似珍珠月似弓。"等到秋分之后，寒露一过，霜降来临，立冬之时，白雪该是纷纷而至了。这城市给了我太多关于季节的美好想象，从一串一串晶莹剔透的葡萄，从一片落叶开始，我开始怀想去冬的第一场雪，憧憬今年的初雪。

话说古时有个官员，在舟船之上，见秋风起，想鲈鱼味美，思莼菜之香，于是乎，官也不做了，辞官归乡。我一直觉得在他假托的物件中，鲈鱼莼菜之外，仍有未言明的东西，那便是秋风起吹动漫天的落叶。落叶归根，是一件最普通自然的事。落叶起，随之而起的，便是浓浓郁郁的故园之思。胡马依北风，越鸟巢南枝。在远离故土的日子里，故乡在游子的眼里心中便是剪不断理还乱的愁，一弯明月，一曲清笛，一场芭蕉夜雨，甚至只是无端的风吹叶落，都要与故乡有无尽关联。君不见，羌管悠悠霜满地的月夜里，征夫不寐；君不见，梅花落的曲终处，谁家的庭院里落满了思念的月光？

然而，城市里的落叶，几乎是不能归根的。那些落在马路上，被风卷起的、吹走的，粘在车轮上被碾碎的，谁与泥土发生了关联？就连一些落在草坪上的，也要被人扫地出门。它们被聚拢、被焚烧或者推进下水管道。

落叶不能归根，该是一件多么残酷的事情。

而我们的缺少了落叶之美的城市，又是怎样的一种不自然、不完美哦！

马路

如果要细数一些城市的标志，马路其实是不应该也不能忽略的吧。城市里人们的喜怒哀乐、家长里短，成为城市最鲜活的血液，最生动的表情，是整个城市跳动的脉搏。它们在马路上上演，在马路上悲欢，在马路上离合，在马路上演绎属于自己或者别人的精彩与无奈。马路的公众性让最隐私的生活显露无遗，却又似乎不着痕迹。

更多有关城市或家长里短的话题，大多始于马路而终于马路，或是在上班的路上，或是在逛街回家之时。那些马路上演绎的故事一个个都走进了小说家和诗人的文字里，在夜深人静之时被发酵成伊力老窖的醇香。在城市，又有哪些能享有此种殊荣？

一个心怀天下之人，走到哪里都如同走遍祖国的大好河山，比如你正在走的马路，或许千年万年前它就是一汪湖水、一重山川，岁月变迁中，何人初见月明，何处明月又照在肩头？沧海桑田的巨变也不过是上帝打了个盹的工夫，而我们现在行走之上的马路，也不过只是当时留下的一块沃土。于是，大好河山抑或一马平川，都只任你坐地不动而日行八万里。

有时候，经常坐在十二楼看着马路，心里想的其实也是它。在我看来，马路其实和人、和牲畜没什么区别，肯定也有它自己的脾气。你合它胃口，那么一路顺风也就自然而然了；假若你刚好不对它脾气，那么行走其中，磕磕绊绊总也不可避免。你怎知这不是马路的个性呢？

我心目中的马路要么如李清照、柳永的词那般婉约、柔软：举目之中是鲜花夹道，其间落英缤纷，硕大的冠叶榆或者古旧垂柳在路边随风招展，间或还有窈窕女子穿梭之中；要么便如东坡居士、辛弃疾那样粗犷豪放：一眼望去，那马路如缎带一般往无限的远方延伸，路旁只有一些高大、笔直的白杨，不小心眼睛瞟到高高路基下面的田野，沙枣正举着它光蜡灰白的叶子向你招手，树下看不到边际的低矮油葵，昂着它们永远不曾低垂的头颅，向着太阳露出齐刷刷的微笑 …… 如果一个城市这两种马路都有，那就是生活其中之人的福气了。所以，对于生活在伊犁的人们来说，这样柔软与霸气并存、刚强与阴柔并济的马路无时无刻不出现在视野之中。

在城市，没有比用长镜头对马路进行描述更适合的了，看不到尽头的马路终点，这一切在宁静的边疆小城被演绎得那么自然，仿佛天成。或小桥流水、白杨林立，间有美人蕉点缀丛中；或如北方汉子般豪气冲天，用汗水浇铸个八车道的马路，让你目瞪口呆。而这，也只是一夜之间的事情。

马路之于羁旅之人，似乎也是一种无法言明的喻体。有广告说得非常好:"人生就像一场旅行,在乎的不是目的地,而是沿途的风景,和看风景的心情。"而这风景多多少少在马路的两边呈现。那些在城市生活的人们,那些来往穿梭的名利追逐者,那些在马路上乞讨生活的我们,一个一个在自己和他人的眼里都成了某种风景。是啊,你在桥上看风景,看风景人在楼上看你。

一个初入城市的外来者,除了东张西望那些高层建筑外,关注得最多的就是彼时脚下踩着的马路了。于他们,马路更适合浏览一个城市,也更能让他们从心底感到踏实。马路是一个城市全部的平面,那种波澜不惊我们平时只有在那些经历过大风大浪的古稀老人眼神里见过,此刻都被城市的马路逐一呈现在初来者眼前了。如果一个初来者,爱上了某个城市的马路,那么距离他死心塌地住在其中并继而彻底爱上它也就不远了。而这无疑是一个无意中闯入城市的人给予这个城市马路的最高殊荣了。

当你第一天踏入一座城市,就和这个城市的马路开始了一段属于每个人的缘分,它教会你如何最快在这里立足、生存,并很好地生活下去。

一个没有人的城市肯定不能称为城市。同样,一个城市没有几条被居民喜欢并铭记的马路,大概也不能称为城市吧。

庭院

小时候,我最向往的一个院子,是我们小学老师家的院子。不知深到几许的院子里面伸出来的红似烈火的石榴花,是我们秋天里最殷切的盼望。至于院子里其他的物什,我们就不知晓了。直到后来有一天,老师让我们去她家劳动,才知道这深深的庭院果然不枉我的念想。一进门，那院子里自然就是露出院门的火红石榴，当时正值夏季，石榴树上挂着我小小拳头大小的青红石榴，而青石子铺就的通向堂屋的小路两侧是一畦一畦的黄瓜、西红柿、韭菜、茄子，畦间间或点缀着一串红、樱桃、大丽花，各色月季。大片的间隙里竟然有挂着青青杏子的杏树！再往里，就是接近房檐的一株坠着沉甸甸果实的大紫葡萄。看得小小的我垂涎欲滴。要知道，在我所生活的村庄，院子这么深，能把菜园移在院子的已经是很少，而院子里又栽上这么多果树，植上各种花草的几乎没有。而在我家不大的院子里，除了一个维系全家饮水的深井外，就是一堆堆过冬用的柴火占据着主要的位置，剩下的就是少许的几棵枇杷、桃树和桑树。

于是那时候我就想，等我长大了，也要有这样的一个院子，我还要亲手种上一棵一棵的果树，栽上一片一片我喜欢的花。谁承想到了现在，上了学，毕了业，上了班，却连连为一平方米的房子奔波着。这样大的院子也只好想想了。

但在我生活的小城，尤其是在南市区，这样的庭院可谓遍地都是，你一旦走进，除了目不暇接，接触伊始，大约不会再有其他的感觉吧。这些有着各自特色的庭院，隐藏于白杨之下。这些少数民族同胞居住的院子门前，大多种有一两棵桑树，而这对汉族居民而言几乎是不可想象的，汉语中"桑"与"丧"同音，谁愿意一进门或一出门就遇"丧"呢。五月底的时候，紫色的白色的桑葚挂满枝头，路过他们的门口，仰头看见阳光下闪闪发光的桑葚，儿时的记忆夹杂着现实的口水一起流出。这些巨大的结满果实的桑树，我们所能利用的不只是它们的果子，春天之时，采桑养蚕，大概是农家女子常有的一项劳作吧，勤劳智慧的先人们于是作出"陌上桑"这样脍炙人口又有生活气息的诗句。一瞬间，眼前的这些桑树仿佛沾染了古诗历史的意蕴而让人浮想联翩。

　　出于职业的缘故，曾经多次出入这些庭院，无论春秋，抑或秋冬，里面总是充满着惊喜。这样的院子如果再加上门前的小桥流水，仿佛正是生活在画中了，此画如诗，此诗如画。如果王维再生，他会为此赋诗几何呢？或许为此用尽终生的笔墨也不后悔——这就是边城庭院的魅力。任谁去过一次，会不为它们牵肠挂肚呢？

　　再匀一眼，来看看那些院中挂满枝头摇摇欲坠的无花果，手掌似的叶子底下藏着掖着的硕大成熟至开裂的无花果，带着人们美好愿望的在吃前还要用叶子包着拍三下的无花果，无私地奉献出它的甘甜和细腻。这样糖分分布均匀的无花果，吃起来那个香啊，贪嘴的人就要醉晕在院子里了。

　　如果再说那些挂在头顶的一串串各式各样的葡萄，这样的篇幅是无论如何也说不完的呀！

　　更别提散布在庭院各个角落里的梨树、苹果树，在这样收获的季节里，孩子们吃酸了牙齿，也酸透了整个童年。